# PER
# VER
# SO

# PER VER SO

## Patricia Plaza

 Planeta

Esta historia es ficticia. Los nombres, personajes, lugares o acontecimientos mencionados en esta novela son producto de la imaginación de la autora, y/o de entrevistas y viajes de ella utilizados de manera ficticia. Cualquier parecido con sucesos actuales, personas, vivas o muertas, son pura coincidencia.

Diseño de portada: Jorge Garnica / La Geometría Secreta

*A mi madre, porque tuvo el valor de leer este libro.*

Cada vez que se viola un tabú sucede algo estimulante.
Henry Miller

*The only unnatural sexual behavior is none at all.*
Sigmund Freud

Lo nuestro, mi querida Piropo, *es une liaison dangereuse.*
*Dangereuse* y juguetona, además de transgresora,
profunda, valiente, original y filosófica.

Federico Sánchez Mondragón.
Kioto, 1 de julio de 2010.

# Primera parte

## 18 de junio, 2008

**Vuelo 0197 de British Airways**
*En alguna parte del océano Atlántico entre Houston y Madrid*

Volar. Capolar las nubes. Arpar el cielo. Esquivar las solapas del viento. Atrincherarme en un color. Morado. Un horizonte lacerado. Arremangar el tiempo. Izar las pestañas del sueño. Tocar tierra. Y por fin, tocarla a ella: España. Reconocerla. Lamer los muñones de los recuerdos. Reconocerme. Colarme durante dos meses en el ruedo de un país con duende. Cargar baterías. Alimentarlas con 220 voltios y tortilla de patatas. Saborear cada momento de los encuentros que tendré con el señor Federico Sánchez Mondragón. Desenvainar mi vocación de periodista. Descubrir al hilo de la realidad o de Ariadna, a la Anaïs de una historia que el famoso escritor español y yo hemos ido trenzando a lo largo y ancho de más de cuatrocientos correos electrónicos y decenas de mensajes de texto. Acariciar los arbores de mi ego con el recuerdo de la primera carta que recibí de él tras haberle enviado mi foto…

From: Federico Sánchez Mondragón <Nadie@yahoo.es>
Date: September 6, 2006  4:41:32 AM
To: Piropo <piropo@piropo.us>
Subject: Mondragón

Mi querida Piropo,

Eres guapa a rabiar. Si no fuera por temor a quemar mis naves con el fuego de la vehemencia que hoy enciende los labios de mi pluma, surcaría el océano que nos separa y te raptaría como Paris lo hizo con Helena de Troya.

Schopenhauer decía que la belleza es una carta de recomendación que nos gana de antemano los corazones. Y no se equivocaba. Eres tan bella que hasta podría hacerte un prólogo. Quiero conocerte muy pronto. Hasta entonces, acepto tu abrazo, te envío otro y te ruego que perdones mi atrevimiento.

Mondragón.

## 19 de junio, 2008

*5:30 p.m.*

Emerger del supositorio de la British Airways. Adentrarme en el vientre de un gusano, en el Aleph que une al pasajero con todos los puntos cardinales de un aeropuerto ibérico. Subir escaleras. Bajar la guardia. Recorrer pasillos. Ideas. Calcular. Exfoliar en Madrid treinta y nueve años de vida apátrida, de tierras recorridas sin un pasaporte en la mirada, sin un mapa en el bolsillo, exceptuando el del sentido común, en mi caso, piloteado siempre por el *Bushido*, el código de conducta de todo caballero guerrero. Yo, lo soy —caballero— y dama, por excelencia, por golosa y por andrógino. Soy mujer y samurái, como la legendaria *Tomo Udosen*. Geisha (Ying) o *Chevalier* (Yang), dependiendo de mi apetito. Fuerzas opuestas y complementarias. Anverso y reverso de lo mismo. Un círculo perfecto.

A diferencia de quienes andan siempre en busca de «su otra media naranja», soy una naranja entera que se ha salvado del espantoso *esprit de corps* que aprieta entre sus dientes el clavel del romanticismo moderno y de la demagogia neoliberal disfrazada de solidaridad, una naranja multicolor que siempre rueda entre la gente con gajos de curiosidad, un libro, un lápiz y un papel a cuestas. «Gajos» del oficio de una redactora, supongo. O vicio —como en mi caso— de quien se deleita catando y crinando el mundo para recolectar todo tipo de muestras y luego espulgarlas y expiarlas con palabras en su laboratorio personal. ¿Fetichismo? ¿Perversión? Más bien, introspección. Búsqueda. Libertad. Responsabilidad. Abluciones de una naranja que hoy acaba de llegar a Madrid con un infinito en la mirada y una sonrisa de blanca muselina que abrirá otras sonrisas…

*5:45 p.m.*

Llegar al control de pasaporte. Incomodar al guardia civil que nunca ha visto un aparato de color negro como el que cuelga sobre mi pecho. Explicarle que no es un artefacto explosivo ni un vibrador, sino un mini purificador/ionizador portátil *made in the USA* para poder respirar oxígeno como los demás, pero a mi aire. Extravagancias de una viajera hipocondríaca.

Salir del interrogatorio ilesa. Divisar la sala de equipajes. Los carruseles de abanicos metálicos, repartir flemáticamente todo tipo de bultos. Incluyendo un gigantesco peluche del Pato Donald que ya ha asustado a tres niños y que nadie se atreve a recoger. Y un par de chancletas abandonadas. El testimonio de quien quizás se atrevió a desnudarse por completo antes de cruzar el charco.

Sentarme a la espera de mi maleta. Abrir el ordenador portátil y seguir leyendo…

De: Piropo <piropo@piropo.us>
Fecha: 8 de septiembre, 2006  12:52:23 PM CDT
Para: Federico Sánchez Mondragón <Nadie@yahoo.es>
Asunto: Re: Mondragón

Mi querido señor Mondragón,

Como a este piropo le ha correspondido tan deliciosa y descarada flor, debo confesarle que he decidido colocarme la suya detrás de la oreja derecha. Primero por coquetería. Segundo, por temor a devorármela con la misma glotonería, curiosidad, perversión y asombro, con la que probé por primera vez en México el helado con sabor a pétalos de rosas y la sopa de flor de calabaza.

Concuerdo con usted en que «la belleza abre muchas puertas», aunque a menudo la distancia, la cautela, la realidad o las etiquetas tiendan a dejar a tantas otras entornadas... por donde, por supuesto, siempre se pueden colar cosas inesperadas: un aire de familiaridad, una amistad indiscreta, unos silencios fértiles, un chiste multicolor, una sonrisa multiorgásmica, un animal famélico, un rayo de sol, el *ki,* usted, yo, este prólogo...

Desde la desangelada ciudad de Los Ángeles, de cara a mi ordenador, recibo su segundo abrazo y:

1) Lo registro con un deje de compulsividad en mi memoria (como usted, tengo la personalidad «tipo A» y la espontaneidad a flor de piel).
2) Lo ato y desato en mis pupilas (siempre me ha gustado repetirme «de lo bueno»).
3) Sin querer, suspiro un incontenible «pronto».
4) Dejo de enumerar.
5) Y firmo con la teclera lo que prefiero hacer con tinta...

Piropo.


*5:45 p.m.*

Aflorar de la terminal intrauterina de Barajas y recibir bofetadas en lugar de palos. La primera, la brutal, la fragorosa, la violadora, de la boca de un taxista. La que responde a mi *disculpe, ¿sabe usted dónde se deja el carrito de las maletas?* con un áspero *donde se le dé la gana.* Exhalar desde la quietud de mi vientre taoísta. Poner la otra mejilla. Atestiguar el aterrizaje de la segunda cachetada. La católica, apostólica y romana. La que mastica una *hostia* detrás del volante y *me lleva a Atocha, por favor,* montada en un cenicero de Gitanes, mientras devoro otra carta de Federico Sánchez Mondragón.

19

From: Federico Sánchez Mondragón <Nadie@yahoo.es>
Date: September 25, 2006 3:17:29 AM PDT
To: Piropo <piropo@piropo.us>
Subject: Desparpajo

Piropo,

Escribes como pocos se atreven a hacerlo. Desnudando y anudando palabras con tal lucidez y desparpajo sobre el lienzo de mis pupilas, que estoy considerando seriamente mi negativa de prologar tu novela.

Posees belleza y gimes verdad. Si tu novela está a la altura de tu prosa, me atrevería a decir que tienes talento. Algo me dice que posees la bondad. ¿Será que encarnas las tres virtudes de lo sublime? Intuición de brujo.

Esos pétalos que adornan tu oreja, te los voy a ir quitando, uno a uno, despacio, con los labios. Un ramo de flores de calabaza lo compartiremos en una sopa. Y, para que nuestras lenguas paladeen el idioma de las flores, saborearemos un helado de sabor a pétalos de rosa.

¿En qué rincón, en cuál país? ¿Quizás en el lejano oriente, hacia donde viajo dentro de unas horas? No importa el dónde, pero sí el cuándo y que ese cuándo sea pronto.

¡Qué distancia la que nos une! Pero ya dice el pueblo que la ausencia es aire y el horizonte, agrego yo, amor por recorrer.

Volveré a Madrid el 31 de octubre. Mientras siga por Oriente las comunicaciones entre tú, ángel californiano, y yo, diablo ibérico, quedarán pendientes. Dudo que a los templos los hayan convertido en cibercafés y yo, por otra parte, sería incapaz de utilizarlos.

Prefieres, dices, tocar con el alma y añorar con la piel, brindar con un tinto y firmar con tinta. Yo firmaría cuanto aquí te digo y, en el futuro, te hablaré con las yemas de los dedos. Y con otras claras claridades. Si su majestad lo permea y lo permite.

¿Cómo ponerle el punto final a esta carta? Suspendamos la puntuación y reescribamos el mundo.

Mondragón.

De: Piropo <piropo@piropo.us>
Fecha: 28 de octubre, 2006  3:08:53 PM PDT
Para: Federico Sánchez Mondragón <Nadie@yahoo.es>
Asunto: Re: Desparpajo

No cabe duda que es usted un pirata con la pluma, señor Mondragón.

Sus palabras abordan la galera de mis antojos por la proa. La de mi insaciable curiosidad por la popa. Capturan el sopor de mi aliento matutino. Secuestran el brocado de mis lagañas fecundas, antesala de la poca vergüenza que aún me queda en la mirada después de treinta y ocho años de golosas mutaciones (la más reciente ocurrió por cierto, el 10 de octubre —como usted, soy librana).

Lentamente, despliego mis alas a lo largo y ancho de mis caderas sísmicas. Cedo el paso a mis envalentonados pezones. Estiro cada uno de mis músculos. Vuelvo a leer la primera y penúltima línea de su carta y, como la Victoria de Samotracia, me elevo sobre la mar de mi asombro: cabe la posibilidad de que las yemas de los dedos de un *ronin* acaricien mi novela, mis *Razones de peso*.

Le doy un sorbito a mi té de Darjeeling y saboreo su juego de conceptos, que lejos de ofenderme poliniza mis ganas de conocerlo en persona. Me considero una ávida catadora de historias, secretos y toda clase de *delicatessens.* Degustar algunos de ellos con un *gourmet* como usted señor Mondragón, no sólo será un honor, sino además, un placer al que difícilmente me puedo resistir. Espero que haya gozado su viaje a China y que nuestras *vidas paralelas,* y a la vez consecutivas, lleguen a tocarse en un futuro cercano cuando logremos aparear nuestras respectivas agendas. Al fin y al cabo, encontrarnos —o reencontrarnos— en Madrid, en Los Ángeles, o en China, pero más allá del internet, está sólo a una noche de vuelo ✈ y la desnudez de nuestras voces (gracias al nefasto teléfono) *juste à côté* 📱.

Yo tampoco sé cómo concluir este mensaje, sobre todo para lograr que mi despedida le deje un perverso sabor a llegada...

Piropo.


PD: ¿Ya recibió la máquina de *feedback*? ¿La ha probado? He entrevistado a varios psicólogos y pacientes para diversos artículos que he escrito. Algunos de ellos la han utilizado con mucho éxito y me la han recomendado junto con algunos ejercicios de relajación y meditación. He estado haciendo averiguaciones acerca de las que están en el mercado, pero hay tantos sistemas de donde escoger que quería saber si el suyo le ha dado buenos resultados.

20 de junio, 2008

**Piso de la familia de Piropo**

Desayunar en la terraza frente a la Plaza de Sánchez Bustillo. Estirarme a sorbitos con mi té de bergamota prendido del *jet-lag*. Constatar la noche anterior que mi país se ha convertido en un neonato. En una nación que no ha logrado el destete. Que se toma a pecho los lácteos. Que venera el yogur. Cabe en un yogur. Y defeca yogur. En los quioscos. En la tele. En la calle. En el metro. En las tiendas. En los restaurantes. Lo hay de toda clase. Entero. Desnatado. Semidesnatado. Biodesnatado. Con efecto Bífidus. Natural. Edulcorado. Con trozos de frutas. O sabor a fruta. Con cereales. O frutos secos. Y hasta con galleta María. Después de todo, restablecer lo desflorado por el Espíritu Santo o por los inventos del hombre —incluyendo las bacterias del intestino— parece ser el lema del yogur en España. Y las siglas «WC», su tierra prometida.

Respirar hondo. Asimilar que mi pueblo ha sido reducido a una cría que mama estratagemas publicitarias. Asumir la posibilidad de estar ante una España descerebrada. Que hace juego con los productos muertos de su dieta mediterránea. Una España envasada por intereses farmacéuticos, políticos y capitalistas. Una España reprogramada para aceptar lo artificial como natural. Y lo natural como un símbolo de glamour. Bajo control. Observar cómo pocos se horrorizan ante la idea de que a las vacas se le inyecten hormonas sintéticas para engordarlas. Y luego con antibióticos cuando sufren de mastitis. O que se las alimente en pastizales que han sido tratados con pesticidas, y abonos químicos. Y si se vuelven locas, pues mejor. Así se las corta en triangulitos y se las vende en calidad de material educativo para los niños. Como *La Vaca Que Ríe*. Gracias a la cual muchos adultos por fin han logrado resolver el misterio del cuadrado de la hipotenusa.

No cabe duda además, que hasta en época de vacas flacas la Unión Europea ha sabido exprimir más de cuatro tetas de provecho de estos animales. Con el argumento de que los excrementos y flatulencias del ganado vacuno contaminan el ambiente y contribuyen al calentamiento global, más de algún país está considerando imponer un impuesto por cada bovino dependiendo de las toneladas de metano que emitan los gases del animal. Es decir, una penalidad por «Lo que el viento *no* se llevó».

Reconocer que nada de esto me asombra. Que después de todo, vengo de una América corporativa, devoradora del sueño americano. Del diurno y del nocturno. De una América que alimenta a su pueblo con Red Bull, Starbucks, té verde, aguas con cafeína y brebajes energéticos para mantenerlo consumiendo y produciendo en un estado de permanente vigilia. De una América que luego bombardea a su gente con anuncios que prometen rescatarla del insomnio atiborrándola de pastillas soporíferas.

De una América que garantiza reducir a los más gordos a una talla cero en treinta días y convertirlos en los protagonistas del programa de televisión *Big Losers*, es decir, en verdaderos perdedores —de peso físico y mental— *o le devolveremos su dinero,* siempre y cuando se sometan a un saludable régimen de comidas prelavadas, preempacadas y preconizadas por ex anoréxicas o ex bulímicas, figuras del deporte o del espectáculo nacional. Y si ninguna de esas dietas llegase a funcionar, América y su arrolladora maquinaria publicitaria promete adelgazar a aquellos que hayan rebasado los confines de su propia masa corporal y hospedarlos en los mejores campamentos —o *spa*— *para gente como usted.* Después de todo, la misión de América es curar a América. De su obesidad o de sí misma.

Vestida de falsa complicidad, América se cuela por las pantallas de los ciudadanos para ofrecer una ventanita de esperanza a los deprimidos: cruceros por el Caribe, cuatro noches en Las Vegas, una suscripción a *match.com* (u otros grupos de «expertos» que encontrarán «virtualmente» a la pareja perfecta para usted), o una entrada gratuita al club de entrevistas de una hora —usualmente la del *lunch*— para solteros.

Y para esas enfermedades nuevas, caducas o imaginarias como la del síndrome de las piernas inquietas —cuyo descubrimiento, por cierto, me parece inquietante— o esas disfunciones eréctiles que le han declarado la guerra a las bombitas inflables, las putas o los *poppers,* América también ofrece un arco iris de pildoritas cuyos posibles efectos secundarios —urticaria, náusea, indigestión, cansancio, mareos, diarrea, anemia, hinchazón de pies y manos, vómitos, dificultad al respirar, tragar, o sudar, trastornos emocionales, urinarios, auditivos o de la vista, cambios en la presión arterial, embolia, o muerte súbita— suelen ir licuándose a la misma velocidad vertiginosa con la que el locutor de la televisión las va enumerando, hasta que se vuelven imposibles de descifrar. Hasta que desaparecen y se convierten en otras medicinas aún más aterradoras. En pócimas para el alma. En fórmulas concebidas estratégicamente por América y para América. Para esa otra América dizque «espiritual», que se precia de no haberse dejado engañar por el oropel de la medicina occidental ni por los viajes de ida, pero sin regreso, de las deudas impagables a la tarjeta *American Estrés* y/o a sus homólogas, promovidas por intereses creados y perpetuadas en nombre de la salud. Para esa otra América que es susceptible a otro tipo de tentáculos lucrativos más finos. Para esa otra América entregada a gurús motivacionales como Anthony Robbins, pastores como Joel Osteen, oradores como Deepak Chopra, o psicólogos como Dr. Phil y todos sus derivados, equipados con libros, revistas, cds, dvds, portales cibernéticos, *blogs* e infinitos accesorios capaces de seducir hasta a los más incrédulos quienes, tarde o temprano, caen de bruces en esa constante e insaciable búsqueda del ser humano por descubrir de dónde viene y hacia dónde va.

Servirme otra taza de té. Servirme otras cartas de Mondragón y la esperanza de conocer al escritor en persona.

From: Federico Sánchez Mondragón <Nadie@yahoo.es>
Date: November 8, 2006  1:59:11 AM PST
To: Piropo <piropo@piropo.us>
Subject: Ángel endiablado

Piropo,

Eres tibia luz con la que la aurora del otoño acaricia los muslos de las montañas, el aliento a canela que besa los niños de mis párpados. Regresé del Oriente hace unos días, pero las trivialidades me mantienen flotando en la corriente de la cotidianidad y hasta ahora logro atender lo esencial. Insisto: escribes como un demonio angelical. Fluimos en el mismo cauce. Por nuestras venas corre la misma sangre. Habitémonos.

Decían los romanos que los nombres marcan el destino. ¿Será por eso que vives en una ciudad llamada Los Ángeles? Maldigo la distancia que me separa del cielo y de ti. ¿Nunca desciendes a la barbarie ibérica? ¿A esta tierra de salvajes?

¿Quieres ser lo que Anaïs Nin fue para Henry Miller, Camille Claudel para Rodin? Las espadas cortan el aire. Empuñémoslas.

No me castigues, no me lastimes con la demora de una respuesta. Me faltaría el aire. Si tus razones de peso pesan, ¿a qué extremos llegarán tus sinrazones?

Ahí va mi *katana* de samurái. Mis escaramuzas sangrientas. Mis harakiris. Mi navaja de doble filo. Las cicatrices son mi discurso. ¡Ojalá las yemas de tus dedos recorran con tu elocuencia estas cicatrices!

Besos y abrazos.

Mondragón.

21 de junio, 2008

## ¿Quién es Federico Sánchez Mondragón?
*7:30 a.m.*

Contemplar la foto de Federico Sánchez Mondragón en la contraportada de su último libro. Buscar en el rostro escarolado del escritor alguna pista que me ayude a distinguir al hombre de esa gran pluma que me ha estado escribiendo desde el otro lado del Atlántico. Admitir que en una carta cabe de todo si se sabe acomodar. Incluyendo los personajes que escritores como Federico Sánchez Mondragón, o cazadores de historias como yo, puedan crear de sí mismos, y todo una plétora de pequeñas verdades disfrazadas de heroicas mentiras. Seguir los preceptos de Aristóteles y concluir que lo esencial de las cartas que el escritor y yo intercambiamos no reside en la veracidad de lo que nos contamos, sino en la verosimilitud con la que lo hacemos. Respirar hondo. Intuir que estoy por abrir puertas. Por descubrir y urdir secretos.

De: Piropo <piropo@piropo.us>
Fecha: 12 de noviembre, 2006  11:32:50 PM PST
Para: Federico Sánchez Mondragón <Nadie@yahoo.es>
Asunto: Re: Ángel endiablado

Señor Mondragón:

Ante todo, le ruego mil disculpas por no haber contestado a su carta con presteza. «He estado gastando mi tiempo miserablemente en una vaga agitación», como diría Octavio Paz, o en lo que yo denomino simplemente, «the American *stress* of life».

Le cuento que hoy me desperté pensando en usted y de inmediato me asaltaron dos palabras: «quiero olerlo» —si la idea no lo ofende u horroriza, por supuesto. Le confieso, que soy un *canis indagador, une chienne de Saint Hubert*. Tengo el vicio de andar gulusmeando todo a mi paso: esquinas, platillos, libros, feromonas, mitos, cuadros, votos... Mis neuronas olfativas mueren y resucitan a diario al entrar en contacto con aromas nuevos, y yo en cada una de esas *petites morts*.

Pero volviendo a su pregunta: suelo ir a España una vez al año (en verano o en navidad, dependiendo de mis proyectos) a visitar a mi madre que es joven, viuda, un poco loca, y que reside en Torrevieja. Por lo general, aprovecho esos viajes para quedarme una semana en Madrid y recorrer como una gata hambrienta todos los rincones que echo de menos a pesar de que nunca he vivido en esa ciudad.

Ay, España... ¡Tierra de bárbaros! ¡Tierra de conejos!... ¡Y conejas!... La tuya me parió al caer el sol y desde entonces me he convertido en vampiro, me he encarnado (y hasta reencarnado) en la trilogía de Hécate. He sido y sigo siendo doncella, samurái y bruja. También he sido hija de un diplomático ecuatoriano y ciudadana del mundo. He vivido en París, Quito, Santiago de Chile, San Antonio, Los Ángeles, y Manhattan. Sin embargo, carezco de bandera porque soy enemiga de las etiquetas que todo lo vulgarizan y lo menguan y que, a menudo, son nocivas por convertirse en el trampolín de quienes pretenden justificar arbitrariedades, exacerbar la visión monodimensional y monocromática del «hombre túnel», de ese «hombre champiñón» de Martin Scorsese, a quien su gobierno cultiva en los subsuelos de la clase trabajadora, alimenta con estiércol y mantiene en la oscuridad para evitar que haga o se haga preguntas.

Me encantaría ser lo que George Sand fue para Chopin, Anaïs Nin para Miller o Gala para Salvador Dalí. ¿Quiere usted asumir el desafío de lo inverso? Después de todo, y como bien sabe, los escritores somos como camaleones, cambiamos de roles, de acento, de piel. De pronto, una musa toma el lugar del autor, el autor pasa a ser la musa, lo de arriba bien puede estar abajo y el 96 bien puede haberse transformado en un delicioso 69.

Yo le propongo olernos desafiando la gravedad de la tierra, la virtualidad de estas cartas—sorpresas. Aterrizar el año entrante una mirada, quizás muchos silencios (yo también tiendo a imponerme rellenar aquellas elipsis incómodas con palabras, y así puedo a veces terminar hablando hasta por los codos, cuando lo cierto es que me siento mucho más a gusto escribiendo) y todo lo que a partir de ahí se desencadene, desde una explosión química, una hecatombe de creatividad, hasta un simple paseo de la mano, una copa contemplando el crepúsculo, un té o un café saboreando el amanecer. Será cuestión de «ser».

Con gusto empuño esas espadas... y siento asomarse una sonrisa juguetona en la comisura de mi boca ante una casualidad que usted desconoce y que ahora le revelo: soy esgrimista. Mi arma, (descontando las otras más femeninas), desde los dieciocho años y hasta hoy, ha sido el florete. El día que quiera lo invito a que compartamos un *asalto*.

Mi querido señor Mondragón, gracias una vez más por rescatarme de la oquedad de Hollywood donde como redactora me gano la vida traficando con ideas e ideales fútiles. Gracias por epitimar con su carta y sus caricias mi piel curtida por ese tiempo que se me escapa en la jungla angelina que a veces parece convertirse en la selva Seeonee o la Ciudad de las Cien Puertas... cien puertas que quiero ir abriendo, una a una, hasta dejar atrás a Mondragón, el personaje, y dar con lo esencial, si me permite retomar sus palabras. Quiero dar con su carne, callos, huesos, cicatrices, arrugas, verrugas, dudas, certezas, miedos, deseos, curiosidades, alma (si la tiene), con usted. Con el hombre que no ha sido publicado.

Le envío una parvada de besos con sabor a no me olvide. Y perdone el candor de mis palabras.

Piropo.

*8:00 a.m.*

Ducharme. Vestirme. Preguntar a mi tía si ha oído hablar de Federico Sánchez Mondragón. Escucharla subrayar en francés lo que según ella, para todos —incluyéndome— debería ser obvio. *¡Oh la, la ma chérie! ¿Quién no conoce a ese señor?*
Admitir que no sé prácticamente nada del escritor. *¿Na-da?* Observar el desconcierto aparcarse debajo de sus dos cejas malgaches. Masticar un tímido «no». Un «no» pueril. Exento de prejuicios acerca del autor. Ajeno a cuanto lo antecede o lo precede. Incluyendo su buena o mala fama. Explicar que sólo he leído uno de sus libros en un vuelo transatlántico. Que he visto al periodista en dos oportunidades por televisión. La primera vez en una habitación de hotel cuando me encontraba de paso por Madrid. La segunda, brevemente en el 2001 desde el piso treinta y cuatro de mi apartamento en Manhattan. Admitir que, sin embargo —y por absurdo que parezca—, he tenido desde entonces la corazonada de que algún día llegaría a conocer a ese hombre en persona. *Es muy famoso en España, ¿tu sais?* Filtrar el comentario de mi tía por las bóvedas de mi bilingüismo. Disimular la indiferencia que me producen las celebridades. Pasarme por alto todas las que he conocido a lo largo de mi carrera en el mundo del cine y de la publicidad en los Estados Unidos. Evitar tener que hablarle de Leonardo Di Caprio, de nuestras tardes enteras viendo *dailies* del cortometraje *The Footshooting Party,* riéndonos de *bad takes* en las que salía el actor. De Dustin Hoffman a quien un día embestí con la cabeza y empapé accidentalmente con mi pelo mojado a la salida de una oficina de producción en Santa Mónica. De Bárbara Carrera —la para siempre escultural «chica Bond»— con quien intercambié impresiones acerca de España saboreando una copa de vino en su mansión de Bel Air. De mis charlas matutinas con Matt Dillon mientras ambos hacíamos la cola en la cafetería de LA Farm. De la cena que hace poco compartí con los padres de Beyoncé en Texas. De todo ese universo blando, cómico y fu-

gaz por donde desfilan las estrellas antes de que muchas de ellas se estrellen.

Recalcar que en América, Mondragón no es muy conocido. Informarla de que los canales españoles no son accesibles a la mayoría de los inmigrantes. Y que de todas formas los hispanos en Estados Unidos desgraciadamente leen poco. Pensar en que todo lo anterior son sólo atajos para justificar mi ignorancia acerca del autor. Contemplar a mi tía perdida en sus pensamientos. Meneando su café con una cucharita. Irrigando una tostada de pan con aceite de oliva.

Presentir que está a punto de revelarme un secreto. *Sabes, ese hombre y yo tenemos algo.* Imaginarla entonces en la cama con Mondragón. Procesar mecánicamente lo que me acaba de decir. Regurgitarlo. *Tú y él tienen algo...* Visualizar entre sábanas de seda blanca, la piel morena y tersa de mi tía enlazar la de ese ronín. Y desaparecer.

*Sí, tenemos algo. Algo en común: pensamos igual. Todo lo que dice es cierto. Lo que pasa es que muchos no se atreven a admitirlo.* Guardar unos segundos de silencio. De falso recato. Aquilatar el comentario. Y de pronto, disparar con toda naturalidad que «ese señor» y yo hemos mantenido una jugosa correspondencia a través del internet desde agosto de 2006. Confesar que tengo el número de su móvil y que lo llamaré para ver si está en el país y tiene tiempo de verme. Ser testigo de cómo mi tía emite un sonoro *¡c'est pas vrais!* que detengo con un leve pugido asegurándole que le digo la verdad.

Fingir que no me divierte ver a mi tía estupefacta. Esconderle que siempre me han intrigado todos los procesos químicos, psicológicos y sociales que logran convertir al ser humano más cuerdo en un «fan-ático». A un líder, en un seguidor. Y a una nación, en un rebaño cautivo. De una moda, religión o partido. Despedirme de mi tía. Dejarla en estado de trance. Con la tostada colgada de su asombro. Y otro *c'est pas vrais* revoloteando en el fondo de su taza.

*10:00 a.m a 2:00 p.m.*

Adentrarme en la ciudad. Empaparme de ella. Hablar en español. Descubrir que mi país se expresa en otro idioma. Que utiliza un lenguaje literal. Categórico. Político. Invertebrado. Laberíntico y espinoso. Insensible a los matices de la cortesía. Que se desplaza sobre los rieles de frases desveladas. A menudo remojadas en café y servidas con mala leche. Comprender que requiero subtítulos. O doblaje. En el peor de los casos, de un intérprete. Pagar los diezmos de una comunicación burocrática. De un diálogo convertido en un incómodo peaje. Reducirme a monosílabo. A imperativo. A sabor extranjero. A Piropo. Y para muestra un botón.

He aquí una de las tantas conversaciones absurdas que me ocurrieron hoy.

PIROPO: Disculpe, ¿sabe dónde están los antiguos cines Carlos III?
TRANSEÚNTE: Pues sí que lo sé.
PIROPO: Por favor, ¿podría decirme, cómo llegar hasta ellos?
TRANSEÚNTE: Sí que podría.
(Silencio incómodo)
PIROPO: Entonces, por favor, dígamelo.
TRANSEÚNTE: ¿A dónde dijo que iba?

Saber que no puedo generalizar. Que hacerlo sería refugiarme en un lugar común. Y yo soy demasiado particular. Como *el patio de mi casa* —con sus parras de uña de gato y sus plantas carnívoras y silvestres, de cola de caballo— que cuando llueve *se moja, como los demás*... Regresar al piso de Sánchez Bustillo y antes de dormir echarle otra ojeada en mi ordenador a una de las cartas-brújulas que me han traído hasta aquí. A una de las cartas-preludio de un encuentro que mis ovarios me aseguran, está por desatarse.

From: Federico Sánchez Mondragón <Nadie@yahoo.es>
Date: November 23, 2006 3:05:53 AM PST
To: Piropo <piropo@piropo.us>
Subject: Cautivado

Mi querida Piropo:

Su talento literario me tiene cautivado, tanto que no he podido resistir la tentación de alabar su pluma con el fin de alborotar todas
las otras que adornan a quienes comparten a menudo el lecho de
mi gallinero. Confío en que me perdonará por semejante descaro.

Como ve, yo también me decanto por utilizar el «usted» en nuestra
correspondencia. El tú lo dejaremos para la plebe. ¿Ha visto alguna
vez la película *Liaisons dangereuses*? En ella la marquesa de Mer-
teuil y el vizconde de Valmont se trataban de usted, como también
lo hacían en algunas partes de la América española. Y al igual que
en ese filme, nuestra amistad se ha vuelto ya peligrosa, tanto, que
la veo como si me acechara desde el fondo de un pozo.

Le ruego me perdone por la demora en responder a su último
mensaje. Ya sabe que soy como el baúl de la Piquer —si pudiera
la incluiría entre mi ropa íntima, mi ropa de cama, de mesa, y en
general, entre todos los trebejos (usted sería la reina) que contie-
ne— y que ando de país en país, de copla en copla y de cópula en
cópula. No he cesado de viajar y el pecho de todas mis noches de
Escorpio se ha visto oprimido por la cal del remordimiento que mi
silencio me inflige.

Leo entre líneas que me está usted proponiendo un intercambio de
roles. La idea me parece excitante y no habría problema alguno. Al
contrario. Hace ya mucho que, como Leonardo Da Vinci, Yukio Mi-
shima, Oscar Wilde y otros sabios del mundo, intento convertirme
en andrógino.

No puedo extenderme ahora, aunque muy pronto lo haré sobre su
vientre de sirena, de amapolas y de olivos. Estoy dictando estas
líneas a mi secretaria desde un teléfono frente al cual se desnuda
todo el mar de Ulises, de Eneas y del Turco. Cualquier error que
detecte en esta carta no es de mi cosecha, sino de la estrecha

colaboradora en cuyos oídos susurro el vuelo de esta paloma mensajera. Cuando llegue a su ventana, abra los postigos. Seré yo, su más ardiente admirador. Entre tanto, no me condene a la aridez de su silencio, aunque admito que a la vez, sería para mí un placer morboso y exquisito viniendo de usted.

¿Qué planes tiene para estas navidades? ¿Visitará España? Estoy seguro de que a su señora madre le encantaría y a mí, ni se diga. Sería la oportunidad perfecta para que me acaricie el alma y el cuerpo con sus labios de fruta y dalias.

Le doy luz verde para que me huela, aunque anticipo que, gracias a la existencia de esos puntos de afortunada sincronicidad junguiana, todos sus otros sentidos y los míos, muy pronto convergerán en ese horizonte infinito que usted y yo escarneceremos juntos.

Mondragón.

## 22 de junio, 2008

*7:00 a.m. a 10:00 a.m.*

Caminar por Madrid al amanecer. Recibir la mañana de un domingo envuelta en piropos. Porque de la boca de los ancianos en España nacen flores. *¡Qué cosa tan bella!*, exclama un octagenario al verme pasar. *¿Puedo preguntarle algo, señorita?*, me dice otro viejito a la vuelta de la esquina. Detenerme. Deshacerme en ternura. *Por supuesto, ¿cómo lo puedo ayudar?* Observar cómo el hombre cierra los ojos, pretende inhalar profundamente el aroma de mi cuerpo y se hincha de valor para soltar con una sonrisa desdentada que *tiene usted un gancho que no vea.* Acusar la llegada de este nuevo halago. Agradecerlo. Desear que en los Estados Unidos la gente no le temiera a las alabanzas. Que los viejos fueran tan educados. Que piropear a un extraño en un lugar público no despertara sonrisas nerviosas y sospechas. Que la adulación no se convirtiera en allanamiento de morada mental, en acoso sexual, en abono de demandas judiciales.

Acelerar el ritmo de la caminata. Desentonar con el paisaje. Vestida con un pantalón corto de lycra pegada a la piel, un podómetro enganchado en mi cintura, pesas adheridas a mis tobillos y muñecas, y una mochila colgando de la espalda. Sentirme como el hombre piedra. Sentime extranjera. Como salida de un video de aeróbicos de Jane Fonda de los años ochenta. Refugiarme en una cafetería. Ser la tercera en la fila para pedir, en mi caso, un té. Constatar que acaba de entrar una cuarta persona. Un calvo con cuerpo de chorizo mal fajado. Verlo colocarse muy cerca de mí. Aguantar en la nuca los golpes desnudos del aliento poroso y caliente del hombre. Recordar que el protocolo americano que exige mantenerse a menos de medio metro de otro individuo mientras se está en una cola (especialmente a la hora de sacar dinero de un cajero) o durante una conversación —lo contrario es considerado una «invasión» del espacio vital y un atropello a las buenas costumbres— no se aplica en mi tierra. Respirar hondo. Ser testigo de cómo a los pocos minutos el pelón se pasa por delante de todos los que estamos esperando nuestro turno para ordenar. Extrañarme de que lo atiendan primero. De que a nadie parezca molestarle que no se respete el orden de llegada de los demás clientes. Atajar con impavidez un guiño de ojo que me hace el motilón al salir como jactándose de su astucia. No comprender por qué se siente orgulloso de su picardía. No entender qué hay de divertido en la falta de respeto. Ordenar mi té. Pagarlo. Salir del recinto. Mirar al cielo. Respirar el comienzo de una aventura. Recordar que debo llamar a Mondragón. Dejarle un mensaje en su buzón de voz informándole que este Piropo ha llegado a Madrid. Sentarme en una banca. Abrir mi mochila. Sacar mi iPhone. Subirme a la Red. Consultar mi correo electrónico y echar mano a una de las cartas que envié al escritor casi dos años antes. Presentir en mi pecho que Mondragón y yo estamos por vernos. Detectar en mi pulso acelerado una alegría y ansiedad que no esperaba y que apaciguo recordándome en voz baja que sólo son molinos de viento, Piropo, molinos de vientos…

De: Piropo <piropo@piropo.us>
Fecha: 24 de noviembre, 2006  2:04:01 PM PST
Para: Federico Sánchez Mondragón <Nadie@yahoo.es>
Asunto: Re: Cautivado

Mi queridísimo señor Mondragón:

Abrí la ventana de mi despacho en busca de aire fresco el día de Acción de Gracias, y lo primero que mis ojos agradecieron fue la llegada de esa ave mensajera que me vino a susurrar el contenido de su carta, luego de una larga travesía intercontinental que casi se puede comparar al vuelo del Cuatro Vientos.

Dice usted verme como acechándolo desde el fondo de un pozo. Nada puede estar más lejos de mis intenciones. Soy incapaz de invitarlo a dar un salto mortal, sólo de proponerle saltarse las reglas, el protocolo, el pudor, la edad, la hora, la ropa (interior, exterior, o «vieja», como dirían los cubanos), la prosa, la distancia y —si su tiempo y las amarras de su intimidad se lo permiten— hasta a su secretaria (cómplice de estas *liaisons dangereuses*) para llegar a la orilla de mi playa... desde donde hoy vuelvo a leer y sentir la caricia de su carta.

De frente al Pacífico, inhalo la tibieza del aire de esta tarde de otoño, recuesto mis párpados sobre los pecados de Santa Mónica y contemplo apaciblemente el horizonte. Allí lo veo nadar junto a su Primera Dama, Nalika, surcar el *Mare Nostrum* de las conferencias, los tributos, las entrevistas, *les plateaux,* rodeado de ese harén de Ondinas y Wallanos que disfrutan dándole constantes mordisquitos a sus piernas, nalgas y testículos, y ahora, aparentemente, a mis cartas, a las suyas, y viceversa.

Sin duda, me honra usted al corresponder nuevamente a mis piropos con más piropos: ¡Qué más quiere un escritor que ser leído y despertar emociones en sus lectores! Celebro su perversidad, su apertura y su lengua de fuego, de dragón. Y aprovecho para decirle que si utilizo el «usted» con *usted,* señor Mondragón, no es con afán versallesco, sino meramente por respeto a quien no he tenido el gusto de conocer en persona. Me considero parte del pueblo, *monsieur,* como lo atestiguan todos los artículos que he escrito para un periódico de Atlanta llamado, precisamente, *La Voz del Pueblo,* donde por más de una primavera tuve una columna semanal titulada Al Pie de la Letra.

Y ahora que abordo el tema de los pies, siento un sabroso cosquilleo en los míos que me impide continuar con estas líneas. No sé si será que un cangrejillo anda recorriendo la arena californiana y de paso pellizcando mis tarsos y metatarsos, o usted quien está quizás jugueteando con mis extremidades. Lo cierto es que no puedo más que rendirme ante tanto placer...

Piropo

P.D: Desgraciadamente no iré estas navidades a España. Mi madre me acaba de anunciar que ha decidido hacerse la cirugía plástica y regalarse una nueva cara para el 2007. Mi deber de hija me impone acompañarla en Los Ángeles a través de su aventura por dar marcha atrás al tiempo que se arruga en su piel de muñeca. Sin embargo, estoy planeando volar a España en otra fecha por motivos literarios, los que quisiera compartir con usted en mi próxima carta, ya que confío plenamente en su sabiduría guerrera. ¿O será usted quien venga a visitarme?

Vuelvo enseguida. Debo acudir a una rascadita...

From: Federico Sánchez Mondragón <Nadie@yahoo.es>
Date: November 29, 2006  11:03:40 AM PST
To: Piropo <piropo@piropo.us>
Subject: Teofanías

Piropo:

Hace unos instantes, mientras descansaba en un hotel tras acudir a una fantástica faena en la Real Maestranza de Caballería de Sevilla (por cierto, ¿le gustan los toros?) que celebré ingiriendo a solas una exquisita paella de conejo, pimientos asados y ajos tiernos, una mucama interrumpió mi siesta golpeando con insistencia la puerta de la habitación. Abrí y un espectacular ramo de tulipanes que ruborizaron a todas y cada una de las vocales de Sylvia Plath apareció ante mis ojos. ¿Cómo consiguió semejantes flores en otoño y cómo supo usted que yo estaba allí? Ah, qué soplón es el internet. No se me ocurre otra explicación, a no ser que recurra a shamanes, brujas, teofanías, hierofanías, y vuelos astrales. Bueno, todo es posible...

¿Me propone usted saltar las reglas? Es mi pasatiempo favorito. En nada soy tan hábil como en el arte de la transgresión. El Pacífico que baña sus ojos y el Mediterráneo, que mece los míos, están unidos por la misma agua, que es la del Tao, espejo de mi corazón y por lo que me cuenta, espejo del suyo, mi señora.

¿Qué ha pasado con su libro? No ha vuelto a hablarme de él. ¿Está terminado? Le reitero mi disposición a prologar su novela y la exhorto a publicar un día esta correspondencia que nos traemos empujada por el mismo viento del espíritu —kamikaze— que transportó a Anaïs y Henry.

Me cuenta que ha publicado sus artículos en un periódico que se llama *La Voz del Pueblo*. ¿Dónde debería buscarlos? ¿En el oleaje de sus piernas? ¿En el agujero negro útero del big-bang? Déme alguna pista al respecto y mi secretaria, embarcada ya en estas *liaisons dangereuses,* hará cuanto esté a su alcance por dar con ellos y hacérmelos llegar. Ardo por leerla, señora. Sus palabras son órdenes y sus cartas la fusta que azota mi deseo.

Lamento que no pueda venir estas navidades y que el Viejo y el Nuevo Continente no se vean bañados con la albura de nuestros respectivos flujos. Por cierto, ¿debo entender el envío de esos tulipanes como un homenaje a mi lado femenino? Como usted sabe, no hay anverso que no se alimente de un reverso.

¿Tendré que ir yo hasta Los Ángeles para que ocurra lo inevitable? ¿Para que la guerra de los dos mundos se produzca? ¿Y qué significa eso de que debe acudir a una rascadita? El desasosiego y el cangrejillo de los celos de ella derivados me muerden.

Aclaro: la responsabilidad de cualquier error de ortografía recae sólo en mi secretaria, mujer que no es indiferente a los placeres de la carne y que confiesa excitarse durante la transcripción de estas cartas cibernéticas.

Por último: el día en que nos encontremos y que estas palabras se conviertan en pulso, en carne y sudor, no se le ocurra vestir con pantalones o *pantys* (aunque puede hacerlo mientras yo no esté presente), sería una abominación añadir testículos a esa Venus con brazos, montada sobre una concha que usted, como una nueva diosa Afrodita, encarna.

¿Afrodita? Mejor Kali. Tenía más brazos para abrazarme.

Su eterno y rendido admirador.

FSM.

## 23 de junio, 2008

Curiosear la librería de El Corte Inglés donde nadie habla inglés y el aire acondicionado es «condicionado». A la temperatura de los españoles que lo prefieren todo «del tiempo», es decir, tibio y veinte grados por debajo del termómetro de los americanos. *De lo contrario nos resfriamos*, me explica una dependienta y me confirman más tarde mis tíos, quienes desde que instalaron el suyo lo mantienen apagado *porque el ambiente se pone gélido y además el vecino se queja del ruido del motor*. Hacerme a la idea de que estoy haciendo *camping* por Madrid. O que estoy en Ecuador. En ese pueblito de San Lorenzo que recorrí cuando tenía diecisiete años. Donde lo único fresco que había era la llegada de un negrito cargando a cuestas un inmenso trozo de hielo en la espalda que luego el hombre vendía en trozos a las tiendas del pueblo, o raspado y pintado con los sabores exóticos y multicolores de una variedad de exquisitos siropes.

Admitir que en algunas cosas me he americanizado. A lo largo y ancho de la palabra. Porque en América todo es *EXTRA LARGE*: la Coca-Cola, las hamburguesas, la comida y porciones en general, la ropa, los zapatos, los gordos, los niños, las casas, los baños, los jardines, los edificios, los ascensores, las camas (que como son tamaño *King* atienden al sueño a cuerpo de rey), los juguetes sexuales, los asientos, las maletas, las distancias, las autopistas, los coches, los espectáculos, los cines, el aire acondicionado, los gimnasios, las ciudades (por algo a Manhattan le dicen «*the BIG Apple*» o «la GRAN Manzana»), los avances tecnológicos. Incluso las estafas, las multas, los crímenes, los vicios, el racismo, los impuestos, las guerras, la ignorancia, el gobierno y la contaminación. Todo en América es tan enorme que a muchos los hace sentirse pequeños, perdidos y hasta que sobran. Y a otros —camaleones como yo— los vuelve curiosos, rebeldes y por suerte, bilingües. Adaptarme a la métrica de España. Donde exceptuando en la plaza de toros, impera lo estrecho. Aunque como en mi tierra predomina la inconsistencia, el dicho pasa a ser una utopía. Nada encaja bien, y el resultado siempre es algo incómodo. En los hoteles, en los hogares, las habitaciones y las cocinas, los armarios, las bañeras, los inodoros son diminutos, los espacios reducidos, claustrofóbicos. En el metro, los autobuses, los restaurantes, los cafés, todo es apretado. La sección de *no fumadores* comparte el mismo aire que la de fumadores y están a menudo separadas por un hilo mental, un vidrio delgado que no llega al techo y que separa a los adictos a la nicotina de los adictos a la *grande bouffe*.

De: Piropo <piropo@piropo.us>
Fecha: 6 de enero, 2007  4:33:59 PM CST
Para: Federico Sánchez Mondragón <Nadie@yahoo.es>
Asunto: Re: Teofanías

*Très cher monsieur:*

Me pregunta que si me gustan los toros y debo decirle que siempre me han llamado la atención aquellas personas que censuran el sacrificio ritual de estos animales al culminar una corrida.

Como Carlos Fuentes, concuerdo en que es precisamente «en la plaza de toros donde el pueblo se encuentra a sí mismo» y donde además —añado yo—, el pueblo interactúa con la naturaleza y su historia, y le infunde al toro su sentimiento de identidad. Después de todo, este hermoso animal simboliza las virtudes morales y físicas que celebran tantos españoles —nobleza, coraje, fortaleza, fertilidad— convirtiendo este espectáculo en un verdadero patrimonio cultural «inmaterial», cuyo valor y continuidad merecen preservarse, si no queremos ir acabando con la riqueza de nuestras tradiciones, con nuestros *duendes* y terminar convirtiendo al toro en un mero *souvenir* de felpa *made in China*.

Ha llegado el 2007 y el aire me huele cada vez más a azúcar. Los eufemismos están a la orden del día: a los michelines se los tilda de «curvas», a las arrugas «finas líneas de expresión», a la celulitis «piel de naranja» y a las canas «reflejos». Este exceso de glucosa parece también haber permeado el discurso político, quizás porque en esa búsqueda por alcanzar el progreso moral, por construir y deconstruir la modernidad, algunos países han optado por dulcificar cuanto pueda relacionarlos con la barbarie y acercarlos más a la «civilización».

Sin ir más lejos, en los Estados Unidos, el presidente le concede el perdón a un pavo una vez al año. Los pollos son ejecutados de un choque eléctrico, lo contrario es considerado un acto salvaje (a menos que se trate de electrocutar a un *Homo sapiens,* claro). A los perros no se los castra, se los *arregla* (*fix them* en inglés). Ni se los mata, sino que se los *pone a dormir* (*put them to sleep,* como le ocurrió a la Bella Durmiente pero sin final feliz). No llamar a las cosas por su nombre se ha vuelto la norma. Porque así las cosas suenan más lindas, más «humanas».

En un país como USA, donde todo es posible, aquí le va otra noticia: comenzando este año, de acuerdo con un comunicado de la Associate Press, el hotel Ritz-Carlton de Florida abrirá un *spa* para canes donde se ofrecerá a las mascotas todo tipo de masajes —supongo que a precios también «ritzdículos». A mi chihuahueño me lo entrevistaron y psicoanalizaron de cabo a rabo, antes de dejarme alquilar un piso en Manhattan. El administrador del edificio me aseguró que era imprescindible evaluar el grado de civismo de mi Pipo, ante lo cual no pude evitar exclamar un rotundo: ¡guau!

Nada de estas observaciones que comparto con usted, *monsieur,* me asombran, pero sí me inquietan porque al igual que Hemingway, creo que muchos de quienes se proclaman defensores de los derechos de los animales pueden ser a menudo capaces de mayor crueldad con los seres humanos.

Menciona en su última carta haberse metido en un lío. Espero que haya podido salir ileso de él. Tengo la curiosidad prendida de mis pupilas por saber qué le ocurrió. Cuando su tiempo lo permita, cuénteme.

Por lo demás, tracemos un plan para que tan deliciosa correspondencia no quede reducida a un mero *paseíllo*. De modo que usted me dirá cuándo empezamos la faena.

En este día de Reyes, le reitero toda mi indefectible admiración, quedo a la espera de sus noticias y me despido haciéndole un *oiga*, a usted, *le Roi de la plume* y de mis antojos.

Piropo.


From: Piropo <piropo@piropo.us>
Date: February 28, 2007  8:43:45 AM CST
To: Federico Sánchez Mondragón <Nadie@yahoo.es>
Subject: F.S.M.

Señora:

No la olvido, sería imposible. La tengo clavada en mi corazón como una flecha dulce y mortal. El lío al que aludía en mi última carta sigue en curso: desde hace dos meses presento el Informativo Nocturno en uno de los canales de televisión más importantes de este país y eso me tiene ocupadísimo. Por suerte, en abril saldré huyendo de España y me refugiaré en el Nilo, donde alquilaré una falúa en la que bajaré, sin espantosos ruidos de motor ni olor a gasolina, de Asuán hasta Luxor, y de ahí a El Cairo...

Pero antes os volveré a escribir. Sé que no sois rencorosa, que me comprendéis. Ojos claros, serenos... ¡Ojalá sepa yo también algo, muy pronto, de esa venus neoyorkina o «Kali-forniana»!

Por cierto... Todas las noches sirvo al telespectador unas gotas de F.S.M. Hoy, habrá en ella, una mención de vuestra pluma. La que se refiere a los toros, a los perros y a la corrección política. Estaba todo eso en vuestro correo anterior. ¿Lo recordáis?

Aquí me tenéis, flechado, herido, a sus pies.

Mondragón.

# 24 de junio, 2008

## Una versión sin bigote
*11:00 a.m.*

Salir a la calle rumbo a la entrevista con el jefe de redacción de la revista *Pueblo Nuevo*. Sentir las bragas acartonadas. Irritándome la piel. Por no haber seguido los consejos sabios de mi tía: *Aquí todo se plancha, ma chérie*. Y es que la secadora de ropa que en los Estados Unidos le quita las arrugas al tiempo es para muchos en mi país, un lujo. O aparentemente una falta de costumbre. Dependiendo donde se esté hospedado, claro. Yo lo estoy en la España de antes, o de siempre, según se mire. En esa España de patios interiores (y a veces exteriores) y de terrazas donde los pantalones, vestidos, blusas, *negligés*, calzoncillos y medias se orean al sol y se bambolean sobre una cuerda floja donde se aparcan los múltiples aromas del viento —sardinas a la plancha, ajo, cebolla, tubos de escape, o el humo de algún puro o cigarrillo— que amenaza con polinizar todas las prendas. Mis *culotes* de encaje de Victoria's Secret y mi sujetador haciendo juego, no se han escapado y su olor a «ciudad» ha dejado de ser un secreto para nadie. Quien me tilde de «pija» se equivoca de adjetivo. Soy más bien práctica. Y si bien en mi vida diaria prefiero utilizar energías verdes (salvo en el sexo, en donde prefiero sucumbir a la blanca), a menos que esté en medio del desierto o acampando, el sol y la brisa me parecen un método lento y con resultados de pobre calidad a la hora de dejar las vestimentas a punto.

Sentarme sobre una banca. Quitarme las sandalias. Las de combate. Las que hacen que mis pies se vean como dos empanadas emponchadas. Pero que me permiten llegar lejos sin callos ni ampollas. Sacar de mi mochila mis zapatos de tacón. Colocarme esos dos tronquitos de madera que me alargan las piernas y de paso el pensamiento. Los que me ponen a la altura de las circunstancias y por encima de la vergüenza. Soltarme el pelo. En todos los sentidos. Especialmente en el sentido contrario que suele ser el opuesto al que le gusta seguir el pensamiento—rebaño. Peinarme. Desarrugar mi maquillaje. Retocarlo. Ante la mirada intrigada de los transeúntes. Que observan cómo este Piropo sufre lo que sólo han visto en películas americanas: una metamorfosis por la que pasan cada mañana, en la calle o al interior de sus coches, miles de mujeres en América. Un proceso durante el cual se descuelgan los rulos del cabello, se depilan el coño, se respigan las pestañas y cambian de piel hasta convertirse en una versión mejorada de ellas mismas, o en lo que yo llamo una «versión sin bigote».

From: Federico Sánchez Mondragón <Nadie@yahoo.es>
Date: April 24, 2007 3:03:45 PM CDT
To: Piropo <piropo@piropo.us>
Subject: Sultanes del olvido

Piropo:

En las llanuras de mi silencio no se han acomodado los sultanes del olvido. Todo lo contrario. Mi participación en el Informativo Nocturno se ha alargado más de lo que anticipaba, pero en cuanto todo esto se acabe, volveréis a tener de mis noticias regularmente, se lo aseguro. Me gustaría, sin embargo, si no os parece una irritable exigencia, tener noticias de su Alteza.

Mondragón

De: Piropo <piropo@piropo.us>
Fecha: 28 de abril, 2007 10:31:03 AM CDT
Para: Federico Sánchez Mondragón <Nadie@yahoo.es>
Asunto: Re: Sultanes del olvido

Su mensaje amanece en mis pupilas, señor Mondragón. Y a medida que voy leyendo sus palabras, cada una de mis feromonas se va despertando y arremolinando hasta perderse en la espiral de encantos de su cola de dragón que, junto al campo de rosas de Gaudí, adornan la puerta de un paraíso que aún me falta abrir y descubrir, con suerte, prendida de su mano, *monsieur.*

Me pide usted noticias, y antes de pasar a las más personales, permítame decirle que por estos días los Estados Unidos me sabe a chicle: los medios de comunicación se han dedicado a la producción de globos informativos que revientan al instante frente al tedio de una sociedad donde los sucesos más fútiles de la vida diaria son transmitidos con la misma euforia, celeridad y espectáculo con la que se reporta un acontecimiento de importancia. Globitos van, globitos vienen, y en el afán por ecualizar el impacto de todas las noticias, todo va caducando en el instante en que se consume, incluyendo el asombro del pueblo estadounidense, el precio de la gasolina, de las casas, los fondos de la seguridad social, las promesas del presidente Bush y de acuerdo con las estadísticas más recientes, hasta los mejores matrimonios.

«Ecualizo, luego existo», parece ser la Carta Magna de este país, señor Mondragón. Por estos días, las cadenas de televisión americanas han logrado emparejar magistralmente la reciente cobertura de dos profundas tragedias nacionales: la muerte de cientos de perros y gatos después de haber ingerido alimentos contaminados con melamina y la masacre de treinta y dos personas en *Virginia Tech University* a manos de un estudiante armado.

Pero como hasta en la pantalla chica los *ratings* y la muerte también tienen su fecha de vencimiento, para cuando llega la noche, la «salida al aire" y el dramatismo de otros dos eventos más que no tienen nada en común, ha tenido que ser artificialmente exacerbada para sacarle el mayor provecho a la codiciada hora *Prime Time* y mantener así el interés de un país aquejado por lo que los psicólogos han diagnosticado como un «trastorno por déficit de atención» o ADD. No es de extrañarse entonces que de pronto la noticia de que un doctor disfrazado de Capitán América arrestado por ofrecer a varias mujeres «*the burrito*» que llevaba escondido entre sus piernas, haya alcanzado proporciones y cobrado matices tan sabrosos y misteriosos como las de la investigación del fallecimiento, en Afganistán, de otro presunto superhéroe americano: Patt Tillman, un soldado estadounidense víctima de «fuego amistoso», a quien el gobierno elevó a la categoría de estrella durante la campaña presidencial de 2004 para presuntamente mitigar el escándalo de Abu Ghraib y reclutar el apoyo de más seguidores en la «guerra contra el terror».

Y cuando las bombas informativas parecen ya no surtir efecto en el pópulo, y los reporteros, editores, productores y directores han agotado todos sus trucos para transformar lo ordinario en extraordinario, parece no haber nadie mejor que el señor Larry King, y sus suspensores de color, para catapultar al éxito cualquier información por más irrelevante que sea, como la del reciente despido de Steven Stanton, administrador de la ciudad de Largo en Florida, luego de que sus planes de someterse a una intervención quirúrgica para cambiarse de sexo se dieran a conocer a la prensa el mes pasado, lo que lo obligó a mudarse a otra ciudad —Sarasota— y motivó a presentar una solicitud para obtener una plaza similar bajo su nueva identidad: Susan Stanton.

Sin duda, ser extranjera y testigo de estas yuxtaposiciones y contraposiciones en un país donde la realidad a menudo supera la fantasía es una experiencia enriquecedora que, le confieso, me encantaría poder compartir con España *monsieur,* si algún día llego a tener la oportunidad de ser corresponsal en USA para un periódico de mi país. Y por supuesto, siempre y cuando Pan deje de corretear a sus ninfas y me ayude a conquistar, con las melodías de su siringa, los oídos de quienes nunca han escuchado mi nombre o el de las galeras de mis piropos, observaciones, opiniones y cojones que han navegado por la prensa latinoamericana de los Estados Unidos, impulsadas por la vehemencia de mi pluma.

Le ruego me disculpe por la larga extensión de lo que comenzó como un mensaje y terminó siendo una carta. Entiendo que su tiempo es limitado y su buzón un río de correspondencia que se desborda, pero cuando se trata de dirigirse al Hermes de la oratoria y la escritura en España, algunos piropos tampoco pueden evitar, señor Mondragón, salirse de su cauce.

*Je vous embrasse. À bientôt.*

Piropo.

## *12:00 p.m.*

Acudir a mi cita en la revista *Pueblo Nuevo* con estricta puntualidad. La que perfeccioné en América. Donde al paso del tiempo no solamente se le atribuye un valor monetario —*time is money* —, sino además un valor emocional. Porque llegar a tiempo (incluyendo en el sexo) es interpretado como un sinónimo de fiabilidad, de consideración y reflejo de la capacidad de autodisciplina y autocontrol de un individuo. Hacer citas de trabajo o diversión y planes a largo plazo es natural y esperado. Lo opuesto, una señal de descortesía y un indicativo de una vida posiblemente caótica y poco productiva.

Saludar al barbón con dientes de nata que me abre la puerta. Me presento. Se presenta. Dice llamarse JG. Es periodista. Argentino. Me explica que su tocayo —«el jefe»— no ha llegado. Que nunca suele hacerlo antes de la una de la tarde. Que a lo mejor se le olvidó que yo venía. Pero que puedo esperarlo. Vale. Esperar. Diez minutos. Contar las luces de neón del lugar a lo largo y ancho de la sala. Hay cuarenta en total. Preguntarme si serán de bajo consumo. Como las que tengo en casa para contribuir a reducir las emisiones de origen energético que contaminan la atmósfera. ¿O seré yo la contaminada por tanto fundamentalismo ecológico y ese calentamiento global que tanto pregonan los científicos y que el ex vicepresidente Al Gore ha pontificado como «una verdad inconveniente»?

Arreglar los periódicos desordenados en la sala de espera. Colocar en orden cronológico las pasadas ediciones de *Pueblo Nuevo* que se desbordan sobre una mesa chata y arrinconada. Ojear el ejemplar más reciente. *¿Por qué no le echás una mirada a la revista? Así no te aburrís* —me sugirió pocos minutos antes JG, señalándome una Torre de Babel a punto de colapsar. No se imagina que yo nunca me aburro cuando estoy sola. Y si me toca estar acompañada, menos. Siempre convierto a las personas en personajes, y las tramas que me cuentan sobre sus vidas, en material fecundo para mis artículos. Hurgar en mi mochila. Sacar mi mapa del metro. Encender mi ordenador. Escribir en mi bitácora. Perderme en mis notas. Cuando regreso a la pantalla, me indica que ha pasado una hora. Analizar qué línea me conviene más tomar de regreso a Atocha. ¿La rosa? ¿La verde? ¿La azul? Ningún color sobresale. Porque todas son combinaciones de lo mismo. Elegir el color que hace juego con lo que llevo puesto. Una chaqueta de cuero de la marca Cole Haan que me regaló Julie Stav, una gurú de las finanzas de la televisión americana a la que le produje un video publicitario. Recordar lo que la famosa cubana me dijo al entregármela: «Piropo, con esta chaqueta triunfé en este país. Póntela. Tú ya verás. Te traerá suerte. Es verde. Y verde, chica, es el color del dinero.» Como soy fetichista, desde entonces me la pongo cuando voy a una entrevista, a un *meeting* o a una presentación de trabajo.

Tres dígitos me indican en el ordenador que ha pasado más de una hora. Concluir que ha llegado el momento de marcharme. Que los relojes de la gente en España se han derretido como los de Dalí y que quizás sus agujas apuntan a la noción de un destino inexpugnable —escotado y explotado bajo el corsé de la religión católica— de una vida que se escapa al control del ser humano y en la cual proyectarse en el futuro es absurdo e inútil, como lo es pretender querer llegar a tiempo, a un instante que no se puede atrapar, sino que más bien nos sorprende, como la propia muerte. Decirme que en España se vive «en el momento» y bajo el lema de *mañana Dios dirá*.

Pasar por la oficina del argentino para despedirme. No sin antes preguntarle: *Por cierto, ¿conoces al señor Federico Sánchez Mondragón?* JG me contesta a ritmo de tango: *Bueno, mucho no lo conozco, porque hace sólo seis años que estoy en España. Pero me gusta su estilo, el de transgredir permanentemente las normas en televisión. Además, disfruto mucho su programa de literatura, Noches Abiertas, salvo cuando aparecen escritores invitados que en mi opinión son descartables. Por lo demás, yo siempre respeto a la gente que inventa cosas, que se las ingenia para hacer algo diferente y creo que él lo logra porque tiene un magnetismo particular y porque considero que es intelectualmente brillante. Pero me cuesta un poco encasillarlo. Por un lado, Mondragón es el eterno viajero, el que ha recorrido la India, el que ha probado todo tipo de drogas. Y sin embargo, sale en un canal de televisión fascista que es ejemplo de la manipulación política partidaria. Pero puede ser que Mondragón haya querido darse el gusto de hacer un informativo y simplemente lo hizo donde se lo ofrecieron.*

De: Piropo <piropo@piropo.us>
Fecha: 11 de mayo, 2008 9:44:01 PM CDT
Para: Federico Sánchez Mondragón <Nadie@yahoo.es>
Asunto: Un mordisquito de doña Piropo

Señor Mondragón:

Desconozco si este piropo lo alcanzará en Mali, el Tibet o Madrid, pero confío en que consiga mordisquear con suavidad el lóbulo de la oreja izquierda de *monsieur* —al de la derecha sólo quiere asaltarlo con suspiros— y con un poco de suerte, capturar su fina atención.

Le escribo tras un sueño abotonado por el elixir de una anestesia galardonada de «general» en la medicina actual, y bajo la cual dos cálculos renales de 10 y 4 milímetros, respectivamente, abandonaron los laberintos de mi cuerpo y los teoremas matemáticos de Leibniz para desembocar al interior de una cajita de nácar donde desde hace diez años guardo, con algo de ternura y dedicada perversidad a mis «niñas», una colección de otras doce piedras «preciosas» que alguna vez ocuparon el harén de mis concurridos riñones.

Desde mi cama *King* contemplo la desnudez de mis pechos *Twin*. Hoy apuntan hacia usted con un humilde deseo: caminar junto a *monsieur* y por unos minutos sentir a España más allá de su último libro, el que desgraciadamente no he encontrado en los Estados Unidos.

Este piropo anhela oler al caballero de la literatura española y, a través de sus ojos, de su voz, de sus silencios y de la sonrisa traviesa de ese hombre políticamente incorrecto, aprender de la tierra que me vio nacer y en la cual nunca he vivido. ¿Me concedería usted ese honor? *Food for thought,* como dicen los americanos.

Lo dejo con esta última idea y con gusto lamo la punta de su *katana,* pues quiero asegurarme una deliciosa *petit mort* en caso de que después de leer esta carta a *monsieur* todavía se le antoje estoquearme, descabellarme o apuntillarme.

Reciba todos los abrazos de Kali y las bondades de Chon-Ji-Ki-Un.

Disponga de mí.

Piropo.

## 25 de junio, 2008

**La entrevista**
*1:30 p.m.*

Entrevistarme con Javier Gallego. A «galle-tazos». A tropezones. Porque el hombre insiste en que lo trate de «tú». No poder evitar hacerlo de «usted». Cuestión de jerarquías. Yo siempre las he respetado. Hasta en los Estados Unidos donde el *«you»* siempre suene informal aunque la ocasión sea formal.

Indagar cuáles son las reglas de etiqueta a la hora de vestirme para ir a la oficina. Preguntas de rigor que se hacen en América, si la empresa no le ha dado al empleado un librillo con todas las normas éticas y de conducta en general que se deben respetar. Sin ese *how-to-book*, la mitad de los gringos se presentaría a trabajar en chancletas, con bermudas, zezeando con un *piercing* en la lengua y/o con una boa colgada del cuello.

Interceptar una mirada de Javier que choca con los ojos ratoniles de JG. Ambos están a punto de soltar una carcajada mientras ato y desato una mueca de desconcierto. *Así como estás vestida, estás bien,* me aclara el editor mientras al porteño se le cuela un *Ché igual si querés venir en bikini...* que sofoca inmediatamente con una tos nerviosa poco antes de colocarse unos audífonos para transcribir una entrevista.

Observar a Javier percibir en mí una mirada piadosa que interpreta como malestar. Leer en su rostro la impresión que sabe ha causado en mí. La de que nuestra entrevista no parece muy profesional. Y no se equivoca. Escucharlo explicar que *en España la gente se viste bien* y que se asume que los empleados saben qué ponerse para ir a laborar. Inhalar un brote de alivio en la tensión que había en el aire. Intercambiar ejemplos sobre las cosas absurdas que ocurren en Madrid y compararlas con las que suceden en los Estados Unidos y viceversa. Explorar nuestros pasados y las diferentes costumbres de ambos países y cómo todo en conjunto ha ido moldeando, a través de los años, nuestras respectivas formas de ser y de pensar. Comprender que para Javier soy un híbrido poco común. Un tercio, «guiri», un tercio «gata» y un tercio «panchita» como le llama cariñosamente el periodista a los latinos en España. Abrir las compuertas de la amistad y acordar que escribiré para la revista todos los días durante un mes, de doce a cinco de la tarde.

Contarle a Javier que esa tarde me entrevistaré con Federico Sánchez Mondragón y seguir con mi pequeña investigación: *Javier, ¿Quién es el señor Mondragón?* Deleitarme con los chapuzones de la sonrisa episcopal del editor, segundos antes de verlo lanzarse desde el trampolín de las emociones encontradas que al parecer sucita el famoso escritor: *Es un cabrón con pintas. Es un tío muy raro porque es hippie. Esotérico. Ha viajado mucho. Le gusta la India. El tantrismo. El sexo tántrico. El sexo en general. Y aparte, el tío es un facha. O sea que es una cosa un poco extraña. Porque él es partidario de decir que los intelectuales de derecha existen y son más interesantes que los de izquierda. Y luego ha trabajado para un canal de televisión que está prácticamente al servicio de la presidenta de la Comunidad de Madrid. Por si faltara poco, dijo que si ganaba Zapatero se iba de España. Pero nada, Mondragón no se ha ido. Así es que habría que decirle que se fuera.*

Salir de la revista con más curiosidad que antes. Coger un taxi en busca de otro punto de vista madrileño que me ayude a entender quién es el señor Mondragón. Explicarle al chofer que mañana me voy a ver con el conocido escritor y que quisiera grabar cualquier mensaje que al taxista se le antoje hacerle llegar. Pulsar la tecla REC y limitarme a escuchar: *Señor Sánchez Mondragón, soy un humilde taxista de nombre José Manuel Loro de la Torre y simplemente le quiero agradecer el gusto que me da escucharle hablar. Cada vez que lo oigo,*

*me quedo con la boca abierta, anonadado. Y es que no tengo palabras para expresar lo que siento y sé que a usted esta locución le parecerá de risa pero de verdad, gracias, gracias, y mil veces gracias. ¡Es usted un orgullo para todos los españoles!*
Llegar al cine CCCC. Grabar la opinión del vendedor de palomitas antes de que se conviertan en enormes gavilanes de mantequilla esclafados por todo el suelo: *¿El señor Mondragón, señorita? Mondragón es una persona extrovertida, sincera, intelectual, fría y muy cruel. Rebasa los límites. Él le dice a usted todo lo que piensa tanto en política, como en lo referente a temas de actualidad, y lo lleva hasta sus últimas consecuencias. Si una persona no le cae bien al señor Mondragón, pues lo siento por esa persona porque él le va a decir todo lo que piensa de ella. Y a la inversa, cuando el señor Mondragón opina algo positivo de alguien, igualmente se lo hace saber. Yo estoy a favor de su programa porque es extremadamente informativo, y tiene un estilo muy particular: muy Mondragón.*

Meterme a la cama esa misma noche con miles de ideas mariposeando en mi cabeza. Hacer un balance de todo lo que he absorbido a través de mis mini entrevistas. Volver a leer la última carta que recibí de Mondragón unos días antes de llegar a España. Concluir que Mondragón genera controversia en España. Comprender que muchos lo quieren, que otros tantos lo detestan, pero que definitivamente, a nadie le es indiferente.

From: Federico Sánchez Mondragón <Nadie@yahoo.es>
Date: June 13, 2008  7:24:44 AM CST
To: Piropo <piropo@piropo.us>
Subject: Aterrizaje de Doña Piropo

Mi querida Piropo:

Dígame qué día aterriza en la plaza de mis deseos. La sueño ya como a un toro, lista para ser embestida, mirándome con ojos lascivos, sin falda, pero con lo mejor debajo de esa prenda. Es decir, con el *wu-wei* de los taoístas. Tradúzcase por vacío de lencería. Y como no hay regla que no deba saltarse, o a la cual no se le deba conceder una excepción: lo es, en este caso, la de las medias y el liguero.

Mondragón: Su Señor (y a veces, señora).

# 26 de junio, 2008

*4:00 p.m.*

Llegar al Café Gijón del Paseo de Recoletos. A las cuatro en punto. Como acordamos. Sucumbir a la tentación de buscar en el internet información sobre la historia del lugar. Descubrir entonces que el establecimiento fue fundado en 1888 por el asturiano Don Gumersindo Garcí y que el café es conocido por las tertulias que allí se llevaban a cabo entre los intelectuales de la posguerra. Sorprenderme al leer que por ese lugar pasaron muchas plumas —con o sin plumas— de la talla de Camilo José Cela, Antonio Gala, Ramón y Cajal, y muchos más. Hurgar en un mapa la dirección donde se encuentra el local, a pesar de haber ya planeado tomar un taxi para evitar perderme.

Investigarlo todo antes de acudir a la cita. Porque no me puedo resistir. Ni resistir a mi propio tipo de personalidad. La *A*. La de «a mí me gusta el orden», y si no lo encuentro por donde vaya, lo arreglo todo de acuerdo con los estándares básicos que considero deben imperar en cualquier espacio para que reine la armonía, el buen gusto y fluya el Chi en todo su esplendor. Sucumbir a esa *A* de «a mi casa no se entra calzado» porque es de mala educación pisar el suelo de mi propiedad —y de cualquier hogar— con suelas y tacones que han entrado en contacto directo con colillas despuntadas, flemas resecas, charcos moribundos, grasa de coches, cacas deslavadas, orines estampados y toda clase de reminiscencias clásicas, modernas y posmodernas que va dejando el ser humano a su paso sobre el asfalto, la tierra, el césped y las piedras que todo lo soportan. Incluyendo nuestro peso y nuestras mugres.

Volcarme sobre esa «A» que «a la hora de dormir», lo hace siempre sola porque no me gusta que me respiren en la cara, me ronquen, me perfumen con intrépidas flatulencias, o que algo me roce o se coloque encima mío justo cuando estoy tratando de conciliar el sueño o en ese momento preciso en que estoy surcando las sábanas en busca de un lugar fresquito donde acomodar el calor de mi delicado cuerpo. Si alguien me busca, me encontrará allí donde yace la otra «A» de mi abecedario. La «A» llena de ese A-ahhhh! Que se corre de placer y suspira de cansancio.

Saludar al *maître*. Anunciarle que me voy a ver con *el señor Mondragón* y preguntarle si sabe si el escritor tiene una mesa o rincón favorito al interior del café. Tal vez lejos de las miradas curiosas de los demás clientes. Escuchar al hombre responderme con un «no» tan esquelético como la mano con la que me invita a pasar a la estancia principal y a escoger dónde sentarme. Decidirme por una esquina para poder observar a mi cita entrar por la puerta y tomarme unos segundos para analizarla. Sentarme. Sorprenderme con el ahogado pitorreo del teléfono móvil que me indica que tengo un mensaje sin cosechar. Oír el mensaje de Mondragón disculpándose porque llegará unos minutos tarde. Pedir un vaso de agua. Sacar mi libro del bolso. El último de Mondragón. Volver a leer algunas líneas que he subrayado. Pensamientos que convergen con los míos y en las que me pierdo sin percatarme del tiempo que va transcurriendo. Hasta que escucho el eco de una voz conocida. Levantar la mirada. Ver a Mondragón saludar a unas personas —*la Court*— que lo conocen y lo han reconocido. Por conocido. La escena me parece tan aburrida como la obvia fama del escritor y opto por sumergirme nuevamente en mi lectura. Sentir pocos minutos después unos pasos acercarse hacia la mesa. Alzar la cabeza. Chocar con los ojos de Mondragón que se detiene frente a mí. Comprender que, a partir de ese momento, tendré que dejar de escribir este cuaderno de viaje en infinitivo porque nuestro encuentro es definitivo. Me lo aseguran las mariposas que cosquillean las paredes de mis ovarios, juegan a hacer piruetas al interior de mi vientre, hasta salir por mi boca y posarse sobre el ecuador de la sonrisa de Federico Sánchez Mondragón.

## Café de los artistas
*4:00 p.m.*

Se veía más joven que por televisión. Al menos eso fue lo que pensó Piropo pocos segundos antes de que su cuerpo y el de Federico Sánchez Mondragón se estrecharan en un abrazo fraternal que sofocó las mariposas del vientre de la redactora y cedió el paso a una monástica serenidad, templo de una complicidad marinada en los chacras del tiempo, e hilada al compás del vaivén de las cartas incendiarias que, durante dos años, ella y él se habían enviado.

De ese golfo de quietud interna, emergió además una certeza, que sólo ahora Piropo se atrevía a admitir a sí misma: conocer a Federico Sánchez Mondragón la lanzaría a una misión existencial que la inquietaba, pero para la cual se sabía preparada. Su karma y *darma* la obligarían a salir en busca de gnosis, al encuentro del alma del mundo y de *l'ivresse* de su naturaleza, una naturaleza que, quizás como había leído una década antes en algún libro sobre las teorías de Nietzsche, se destruye y compone en un eterno retorno. Durara lo que durara, su encuentro con esa celebridad del mundo literario daría comienzo a otro viaje. Uno más profundo y elástico. Y como buena viajera, Piropo sólo llevaba billete de ida.

—¿Piropo?

—Sí.

—¡Y qué piropo! ¡Al fin nos conocemos!

—Querrá decir que nos «re-conocemos».

—¿Después de… ?

—Una eternidad, señor Mondragón. Mas ni se sabe cuántas cartas.

—Bueno, las tuyas a veces fueron verdaderas epístolas.

—Ya.

—¿Llevas mucho tiempo esperándome?

—Creo que no.

—El tráfico en Madrid es un infierno, Piropo. ¿Qué estás bebiendo?

—Agua con unas rodajitas de limón.

—Una horchata por favor.

—Por cierto, antes que nada ¿me permite olerlo, señor Mondragón? No sé si lo recuerda, pero le dije en una de mis cartas que soy una perra sabuesa. *Une chienne Andaloux.* Así es que, si no le importa, me gustaría olfatearlo.

—Claro que lo recuerdo. Adelante. Sírvete.

Piropo acercó su nariz egipcia al cuello de Mondragón. Con los ojos cerrados y sin tocarlo, fue batiendo lentamente sus narinas a lo largo y ancho de la solapa de una arrugada chaqueta de lino beige que enfatizaba la palidez de su interlocutor.

—¿Y?

—Huele a polvo. A laberinto y a sal.

—No está mal. Pero bueno, cuéntame mi querida Piropo: ¿Qué haces en los Estados Unidos?

—Escribir para revistas hispanas y agencias de publicidad.

—Me dijiste que eres casada con un mexicano…

—Sí.

—Que tenéis una hija…

—Tiene ocho años.

—¿Y usted?

—Setenta y dos. Años. Y cuatro hijos. Marc, Olivier, Aimara y Francesca. De distintas madres.

—Leí en su último libro, *Corazón de Minotauro,* que ha estado casado varias veces.

—Es cierto. Nalika es mi actual mujer. La conocí en la India. Hace trece años que estamos juntos.

—¿Y con ella tiene hijos?

—Sí. Un gato.

— Buda. Lo recuerdo. Salía mencionado en su blog.

—Yo nunca leo ese blog. No sabría ni cómo hacerlo. Iñaqui, mi secretario, es el que se encarga de mi portal y de escribir las cartas electrónicas que le dicto. Yo soy un dinosaurio, Piropo. No sé ni abrir una laptop. Pero este verano voy a aprender a utilizarlo. Porque no sabes cómo viajo. Con mi máquina de escribir a cuestas y maletas llenas de libros. Es agotador. ¿Y a ti te gustan los gatos?

—Me gustan, aunque creo que soy más perruna. De hecho tengo un Chihuahua. Pero mi hija se muere de ganas de tener un felino.

—Los perros tienen dueños. Los gatos, Piropo, son animales soberanos. Te recomiendo que leas el último libro que escribió Kipling. Se llama precisamente *Historias para los niños y para quienes aman a los niños*. En él explica por qué tienen los camellos tan singular joroba, por qué los tigres tienen rayas, va explicando particularidades de los animales y se inventa una historia. Entre esas historias hay una donde explica por qué el gato siempre va solo y cuenta cómo el gato en la prehistoria, a pesar de la inquietud que genera en los seres humanos, adquirió tres derechos que siempre los hombres han respetado. Uno: un lugar junto al fuego. Otro: una jícara de leche. Y el último: vigilar el sueño de los niños mientras duermen. Y es verdad. Yo siempre he tenido a mis hijos viviendo con gatos. Los gatos siempre se les metían en la cuna. Porque un gato, Piropo, nunca daña a un niño. En fin, sígueme contando. Por teléfono me dijiste que estás hospedada en casa de tu tía.

—Así es.

—Y que estás colaborando con una revista.

—*Pueblo Nuevo*.

—Es una pena que haya estado fuera de la ciudad. A lo mejor podía haberte ayudado a conseguir una pasantía en un periódico…

—Se lo agradezco pero estoy feliz en *Pueblo Nuevo*. He venido a ver cómo se trabaja en un departamento de redacción en España. Y de paso a medir mi nivel como redactora. De tanto estar en los Estados Unidos creo que se me está olvidando el español. Prefiero estar en un lugar pequeño, sin presiones, donde me pueda divertir haciendo lo que me gusta: escribir.

—Aquí tiene la horchata.

—Gracias.

—Sí, gracias.

Mondragón le dio unos sorbos a la horchata. Piropo rellenó el silencio propinándole lamiditas a las rodajas de limón.

—¿Cuántos días te vas a quedar en Madrid?

—Un mes. Y antes de que se me olvide. Tengo un regalo para usted, señor Mondragón.

—Gracias. ¿Qué es? Parecen dos cerebros en miniatura.

—Lo son. Vibran y, entre otras cosas, estimulan las neuronas. En las clases de Dahn Yoga, el yoga coreano que practico desde hace un tiempo, los utilizamos mucho. Se llaman PB o *Power Brain*. Al colocar cada uno de ellos en algún punto clave donde nacen los meridianos del cuerpo, como por ejemplo sobre las palmas de sus manos, estas dos maravillas activan la circulación de la sangre, mejoran la concentración, la memoria, estimulan la creatividad, alivian el estrés, renuevan las células y facilitan el flujo de la energía Ying y Yang.

—¿Cómo los pones en marcha?

—Apriete al mismo tiempo ambos lados de cada cerebro.

—Mmm.

—¿Siente la vibración?

—Sí. Y se me están ocurriendo otros puntos del cuerpo mucho más interesantes donde colocar estas cositas.

—A la hora del sexo…

—¿Y por qué no? Si vibra… Sería simplemente otra función más que se le puede dar a este juguetito.

—Pues bueno, como quiera… La verdad, estos cerebrillos

son fantásticos. Los llevo conmigo en cada viaje. Me reponen del *jet-lag* en un plisplás.

—Muy interesante. ¿Y cómo los apago?

—Volviendo a apretarlos de los lados. ¿Lo ve?

—Muchas gracias, Piropo. Los probaré. Ya veremos qué me estimulan. Y hablando de estimular. ¿Se puede saber por qué no has venido con lo que te pedí?

—¿Se refiere a la minifalda?

—Sí. Te dije que no soporto a las mujeres que llevan pantalones. Y tú llevas unos negros. Muy castos, por cierto.

—Le prometí que la traería. No le prometí que la llevaría puesta.

Piropo sacó, entonces, de su bolso una minifalda azul marino con lunares blancos que desdobló e izó con orgullo cual bandera por encima de la mesa. El escritor no pudo contener la risa. Y ella tampoco.

—Vale, vale. Guárdala. Imagínate lo que pasaría si ahora mismo pasa alguien y toma una foto de Mondragón acompañado de una rubia desconocida que le está enseñando una minifalda en el Café Gijón.

—¿Es usted tan conocido para que alguien se interese en tomarle una foto así?

—No tienes una idea. Es una maldición, Piropo. Yo te lo aseguro. Quisiera ser invisible. En fin, que bastaría una foto de esas para que la prensa montara toda una historia.

—Bueno, pues mejor. Después de todo, usted y yo nos nutrimos de historias y si no, nos las inventamos. Nuestra correspondencia es prueba feaciente de ello.

—Sabes muy bien que no todo lo que hay en esa correspondencia es ficción.

—Lo admito. Y ya que menciona esa realidad, le cuento que he traído otra aún más sabrosa: la que usted ha disectado acerca de la muerte en *Corazón de Minotauro*. ¿Me lo autografía, señor Mondragón?

—Detesto dar mi autógrafo. Invéntate mi firma. Qué más da. De todas maneras muy pocos la conocen.

—Por favor. Aquí tengo un bolígrafo.

—Bueno. Está bien. Si insistes... A ver...

Al momento, Mondragón devolvió el bolígrafo a la mujer y ella leyó en voz alta la dedicatoria que acaba de escribirle:

«Para Piropo. Por el comienzo de una relación ¿binaria?
*Federico Sánchez Mondragón*».

*26/6/2008*

—Gracias, señor Mondragón.

Se impuso un breve silencio. Un silencio que Mondragón podó dándole otro trago a su horchata. Luego, miró fijamente a Piropo, buscando en las dos islas verdes y líquidas de sus ojos un lugar seguro donde atracar. Inhaló hondo para no precipitarse. Sus años de experiencia de dragón le habían enseñado que siempre había que medir la temperatura y profundidad de las aguas mansas y cristalinas, antes de lanzarse en picado para así evitar perder la cabeza o dejarse arrastrar por corrientes inesperadas. Para ello, siempre aplicaba el principio de las artes marciales: aprovechaba el impulso del enemigo para atacar. Piropo anticipó el golpe. Respiró en ocho tiempos, tragó saliva pero un retazo de pulpa del limón se le quedó pegado al fondo de la garganta y amenazaba con no dejarla respirar.

—Entonces, ¿qué?

—¿Qué? (tos)

—¿Follamos?

La mujer bebió agua en un intento por deshacerse del huésped incómodo y pensó que nuevamente se confirmaba una de sus tantas teorías: toda primera cita es en realidad un campo minado que, tarde o temprano, siempre cobra víctimas. Y es que Piropo creía que en todo primer encuentro entre las parejas, siempre ocurren situaciones que hacen que uno se vuelva más vulnerable que el otro, como cuando se nos desencadena un concierto de gases que, de pronto, comienza a hacer jirones en nuestras entrañas y delatan nuestra ansiedad, o un pedazo de perejil sin querer se nos queda metido entre los dientes y nos hace ver como si sufriéramos de una diastema al puro estilo de Omar Sharif, o peor aún, como cuando en el caso de Piropo, una caprichosa pulpa de limón se aferra a una amígdala, nos cambia la voz de tenor a pajarito, nos paraliza hasta que nos convertimos en un gorrión cantando el gelato al limón de Paolo Conde.

—¿Follar? ¿Otra veeez? Si ya lo hemos hecho (tos). Al menos por escrito.

—Tienes razón.

—Además (tos) usted ya no folla, señor Mondragón.

Mondragón no había visto llegar aquella ola y tuvo que pasarse la mano por el pelo para acomodar ese comentario que todavía lo tenía parpadeando de la sorpresa.

—¿Que no follo?

—Al menos así lo asegura en sus memorias.

—Eso lo escribí en el 2006. Me estaba recuperando de un cáncer de próstata. Pero de que follo, Piropo: fo-llo.

—Qué bueno (tos) sab-erloooo (tos)

—Creo que te he puesto nerviosa.

—No es que meee (tos). Se me ha ido una gota del lim… (tos)

—Sí, lo estoy viendo…te estoy poniendo nerviosa.

—Nooo (tos)

—Que sí. Te estás ahogando…

—En un vaso de aguaaaa (tos con risa)…

—¿Desea otra horchata señor Mondragón?

—No, gracias.

—¿Algo más para la señora?

—Más agu…(tos)

—Agua para ella.

—Claro que sí, señor Mondragón.

—Gracias. Dios mío (tos). Sentía que me ahogaba.

—Insisto. Te he puesto nerviosa.

—No, de verdad. Ha sido un poco de limón que se me ha ido por el camino viejo, o por uno nuevo, o quizás es…

Mondragón la tomó de la nuca por sorpresa. La besó profundo y lentamente, como diciéndole que ya habían hablado lo suficiente por hoy, que era hora de sellar un pacto que había comenzado de forma virtual, y que por fin hoy cobraba forma, aroma y carne.

—¿Y este beso, señor Mondragón? ¿Por qué?

—¿Para qué has venido aquí hoy, Piropo?

—Desde luego no para que me besara.

—Después de nuestras cartas, ¿no esperabas que esto pasaría?

—Vine por curiosidad. Quería conocer al verdadero Mondragón, al hombre detrás del personaje. Supongo que me acaba de besar el personaje, todavía me falta por descubrir al hombre.

Piropo vio retraerse al Don Juan y sonreírle admitiendo esa verdad irrefutable que el escritor enjuagó, dándole un último sorbito a su horchata. Luego miró el reloj.

—¿Tiene prisa?

—Un poco. ¿Y tú? ¿Por qué no llevas un reloj?

—Solía hacerlo. Ahora ya no…

—¿Cómo haces para llegar a la hora a las citas?

—Por lo general miro la hora en el móvil.

—Jodorowski tampoco lleva reloj. Es algo que no deja de sorprenderme y que admiro.

—Recomiendo que se quite el suyo. Todos llevamos un reloj. El interno. Con eso basta y sobra. Además, desprenderse de esas dos manecillas es una experiencia tremendamente liberadora.

—Ya. Lo he pensado. Pero aún no me decido a hacerlo.

—Lo entiendo.

—Me vas a tener que disculpar princesa, pero tengo que estar en cuarenticinco minutos en un programa de televisión. Te llevaría conmigo pero…

—Lo sé. Todos se preguntarían quién es la rubia que ha llegado con Mondragón.

—Lo espera un taxi en la puerta, señor Mondragón.

—Gracias. Dígale que ya salgo.

—La cuenta por favor.

—Claro que sí, señora. Ahora mismo se la traigo.

—No sabes cómo siento tener que irme ahora. No sabía que me gustaría…

—No se preocupe, señor Mondragón. Hay tiempo. Nuestro encuentro no ha ocurrido por casualidad sino por causalidad. Váyase. Y descuide que yo pago.

—Gracias Piropo. La próxima vez invito yo.

—Hasta la próxima vez entonces.

El escritor se levantó de la mesa apresurado, se colgó una mochila al hombro, dio tres pasos hacia adelante, se detuvo y se volvió hacia Piropo. Ello lo observó divertida por la exagerada teatralidad de sus gestos y se dijo que aquel anciano con corazón de niño era la versión española de un Indiana Jones de los años setenta.

—Te quiero volver a ver. Me has dejado *spinning,* como dicen en el cine.

—¿Cómo?

—¿No entiendes tú lo que es *spinning?* ¿Tú que en tus cartas decías haber estudiado cine?

—Sí, pero…

—Lo que hace la cámara… Me has dejado dando vueltas. Te llamaré.

—Está bien. Hasta luego, señor Mondragón.

—Hasta luego, Piropo.

Piropo dejó el Café Gijón diez minutos después que Federico Sánchez Mondragón. Caminó unos pocos metros y de pronto oyó una voz.

—¡Piropo!

—¡Vaya! ¿Todavía sigue por aquí, señor Mondragón?

—Como ves, con este tráfico tú caminando vas más rápido que yo subido en este taxi. Te lo dije, Madrid es un infierno.

—Un infierno maravilloso, *mon ami.* ¡Que le vaya bien en el canal!

—Ya te contaré. *¡Ciao bella!*

La redactora siguió su camino aunque sentía que algo o alguien la seguía de muy cerca. Al llegar a un semáforo se detuvo y se percató de que el taxi que llevaba a Mondragón se había detenido paralelo a ella, que había estado rodando lentamente al compás de los tacones de la mujer y del embotellamiento de la ciudad. El escritor la volvió a llamar y Piropo contestó desde la acera, sin acercarse al taxi.

—¡Oye!

—¿Sí?

—¡Que me has dejado *spinning, spinning!*

—Suerte señor Mondragón. Seguiremos en contacto.

El semáforo cambió de color y el taxi siguió desplazándose tan despacio al lado de Piropo que ella podía verlo circular por el rabillo del ojo, aunque fingió no haberse dado cuenta. El enjambre de coches frenó una vez más y Mondragón volvió a llamarla.

—¡Piropo!

—Anda. ¡Si es usted otra vez!

Algunos peatones curiosos se sorprendieron al ver al hombre de la tele dentro del taxi y emocionados interrumpieron la incipiente conversación del pasajero con la peatona.

—¡Hola señor Mondragón! Sólo quería decirle que mi marido y yo vemos *Noches Abiertas.*

—Hola.

—Nos encanta. ¿Verdad, Martín?

—Sí. Es un programa estupendo.

—Gracias, señora.

—De nada hombre, de nada. Gracias a usted por educarnos. Que le vaya bien

—Vaaale. Gracias… Esto ya parece una broma Piropo. Como ves me quiero ir, pero nada, no puedo, sigo aquí. Y te sigo.

—Ya veo, ya. Adiós.

Y cuando por fín parecía que Mondragón y Piropo se habían despedido por última vez, un hombre vestido de enfermero, en su afán por demostrarle su devoción al escritor, introdujo medio cuerpo por la ventanilla del taxi y comenzó a adular a viva voz a su estrella favorita de la noche.

—¡Mondragón!

—Hola.

—He leído casi todos tus libros. ¡Y cuánta verdad hay en todo lo que dices!

—Gracias.

—¿Me podrías poner una firma aquí mismo en la manga de esta camisa? No llevo papel conmigo. Toma aquí está un boli.

—Ahora no puedo.

—Mondragón. Vamos. Sólo una firmita.

—Vennnnga.

—Gracias, Mondragón. Que Dios te bendiga.

—¿Has visto cosa igual, Piropo? ¿Has visto la mala educación de la gente en España? ¿Cómo interrumpen una conversación sin vergüenza alguna?

Piropo se echó a reír. De inmediato lo hizo él, advirtiendo lo absurdo de la situación. El tráfico comenzó a circular pero Mondragón le pidió al taxista que no arrancara.

—Oye, Piropo. ¿te pagan por escribir en *Pueblo Nuevo*?

—Creo que lo mejor es que abra la puerta y me dé un aventón, señor Mondragón.

Mondragón la miró desconcertado y a la vez divertido por el tono marcial de aquel Piropo.

—¿Qué?

—Que me deje subir al taxi, están todos los coches pitando.

El taxista los espiaba divertido por el espejo retrovisor sin pronunciar palabra hasta que Mondragón lo involucró en la situación.

—¿Podemos parar en Atocha a dejar a esta señora de paso hacia el canal?

—Sí, no hay ningún problema.

—Venga. Sube.

—Gracias.

—Esta ciudad es horrorosa, Piropo.

—A mí me encanta este *petit enfer*. Además, todo esto le pasa por ser tan famoso.

—Yo no soy famoso, Piropo. Famoso era Platón. Yo soy popular, que es muy diferente.

## 28 de junio, 2008

*2:00 p.m.*

Habían quedado citados a la salida del metro de Chueca. Ella lo esperó de pie en la plaza pero no lo vio llegar. Se encontraba sumergida en una novela de Manuel Puig cuando Mondragón apareció con una montaña de libros entre los brazos.

—¿Lees a otro que no sea yo?

—*Boquitas pintadas.*

—Anda, toma. Aquí tienes algunos de los libros que he escrito.

*¿Y por qué no puedo leer a otros escritores, mi querido Narciso?*, protestó en silencio mientras olisqueaba cada uno de los libros de Mondragón.

—¿Y cuál es el más aburrido de todos éstos, señor Mondragón?

—¿El más aburrido?

Los ojos del escritor comprendieron que ese *coup de pie* que le había acestado Piropo era de juego y lo dejó pasar.

—Ninguno. Empieza por *Mi nombre es Nadie* y aprenderás un poco acerca de mi vida. Deja *El apocalipsis es hoy* para el final.

—Vale. Muchas gracias.

—¿Habías estado aquí antes?

—No.

—Te quiero enseñar ese café de la esquina, aunque ya puedo ver que está atascado de gente. Como todo en Madrid.

—He leído en el internet que esto es un barrio *gay*.

—Sí. Precisamente hace un rato desfilaron las lesbianas por

aquí porque hoy es el Día del Orgullo *Gay*. Yo, Piropo, es algo que no puedo entender. Ese empeño de las lesbianas y los homosexuales por querer hacerse visibles si la libertad y la felicidad radican justo en lo contrario, en la invisibilidad. ¡Qué daría yo por ser invisible!

—A mí no me molesta que los *gays* salgan a la calle en carrozas, señor Mondragón. De hecho, tengo muchos amigos *gays* que quiero y respeto. Algunos de ellos han desfilado por las calles de Hollywood en el *Gay Parade* y en alguna oportunidad hasta ayudé a uno a disfrazarse de Tina Turner para la ocasión. Qué le puedo decir. Yo no tengo nada en contra de los *gays* y siempre he sido partidaria de la libertad de expresión.

—No discuto el derecho a la libertad de expresión, Piropo. Haga cada quien de su capa un sayo y de su sexo un instrumento de libertad respetuosa para con la del prójimo. Yo lo que no comparto con las lesbianas es esa petición de visibilidad.

—Pero después de tantos años de tener que estar en el armario para evitar ser discriminados, ¿qué hay de malo en que los *gays* celebren públicamente ahora lo que son en esencia?

—Has dado en el clavo, Piropo. Lo esencial, decía Saint-Exupéry, es invisible a los ojos. Invisibilidad no es sinónimo de inexistencia, sino, en todo caso, de esencia. Precisamente de todo esto estoy escribiendo en un artículo que saldrá en mi blog. Ya lo verás.

—Vale. Déjeme saber cuando se publique para leerlo. A mí quienes me sacan de quicio son las feministas, señor Mondragón.

—¿Las feministas? ¿Qué te puedo decir, Piropo? Me odian.

—Son lo peor que le puede haber ocurrido a la mujer, señor Mondragón.

—¡Si lo sabré yo que soy el hombre más femenino de este país!

—Uff, este lugar está imposible. Mejor vámonos a otro sitio.

—Espere.

—¿Pero para qué sacas tu móvil? ¿No me digas que te vas a poner a hablar por teléfono en medio de este gentío?

—No, sólo quiero tomar una foto del interior del techo de este café. Es precioso.

—Bueno.

—Ya está. ¿A dónde vamos entonces?

—No lo sé, caminemos. Veremos qué encontramos por ahí.

**Vinoteca Barbechera**

*2:30 p.m.*

—Prueba este ambariño, Piropo. Te va a gustar.

—Mmm.

—Dime, Piropo. ¿Cómo se te ocurrió escribir una novela a cuatro manos?

—Fue un experimento. Mi marido, quien también escribe, y yo, tenemos un estilo parecido. Cada uno había sido publicado por su lado y se nos antojó hacer algo juntos basado en las anécdotas de nuestros amigos inmigrantes y en nuestras experiencias en un Nueva York antes y después del 9/11.

—Verdaderamente no me entra en la cabeza cómo has podido hacer semejante disparate. A ver, ¿puedes nombrarme a dos coescritores famosos en la historia de la literatura?

—Dominique Lapierre y Larry Collins, autores de *El quinto jinete* son los únicos que me vienen a la mente ahora. ¡Ah! Y dos mujeres que leí que han coescrito un libro y que acaban de ganar un premio en España. No recuerdo sus nombres.

—Yo me refiero a los grandes de la literatura, de autores como Hemingway, Machado, Cervantes.

—Me ha pillado.

—Escribir, Piropo, se hace en solitario. Es un oficio de samuráis y consiste en cometer *seppuku*. En rajarse el vientre y poner las entrañas sobre la mesa. Decía precisamente Faulkner que un escritor de verdad debe ser capaz de vender a su propia madre en letras de molde.

Piropo templó la respiración y remojó la mirada en el ambariño. Lo de abrirse la tripa al escribir ya lo había leído en alguna
parte. Quizás en el último libro de Mondragón.

—¿Y usted señor Mondragón? ¿Sería capaz de vender a su
madre?

—Ahora sí. Porque mi madre ya ha muerto.

—¿Y cómo encuentra el escritor su voz propia, señor Mondragón?

—Los escritores al principio escriben como alguien más. Yo
cuando empecé quería escribir como Ernest Hemingway. Luego encuentras tu voz. Hay algunos escritores que, por supuesto,
nunca lo logran. Tus *mails* no tienen nada que ver con tu novela,
Piropo. Escribes muy bien. Ya te lo he dicho. Así es que escribe
como tú. Y sobre todo para ti.

—Gracias.

—Yo siempre ando en busca de talento. ¿O crees que estás
aquí porque eres una rubia atractiva?

—Bueno yo…

—Cientos de personas piden que les conceda una entrevista,
me llaman, quieren verme. Yo no tengo tiempo para nada, Piropo.
Trabajo doce horas al día. A veces hasta más. Esta mañana fui invitado en un programa de radio, luego escribí un artículo para un
periódico, y otro para un queridísimo amigo, y después comencé a
redactar el que irá en mi blog. Como ves, no paro. Nunca me canso. Escribir requiere dedicación. Y para escribir hay que pasarlas
putas, hay que curtirse, hay que bajar a los infiernos.

«Para escribir hay que pasarlas putas». Eso también lo había
leído Piropo en alguna página del libro de Mondragón. Pensó entonces por un segundo si lo que ese señor le decía era simplemente una recopilación de todo lo que ya había publicado y si podría
aprender algo de él que no hubiese sido engargolado.

—Yo lo he hecho con la ayuda de sustancias psicotrópicas, el
LSD… Gracias a las drogas he tenido experiencias de iluminación
de mi vida. ¿Has experimentado con alguna droga, Piropo?

—Este Piropo sólo ha fumado marihuana unas tres veces en su vida hace unos quince años. Pero como sólo le dio mucha risa y hambre y no tuvo alucinaciones ni esos momentos de iluminación de los que habla, pues la verdad su uso le pareció aburrido y desde entonces no ha probado nada.

—¿No me digas que nunca has probado el LSD?

—Soy hipocondríaca y además tengo asma. Tengo pavor a meterme algo y morirme en el proceso de algún viaje interior psicotrópico.

—Piropo, el LSD es prácticamente inocuo y no adictivo. Eso sí, tienes que probarlo cuando te encuentres en un momento muy feliz y de equilibrio en tu vida porque el ácido lisérgico induce estados de alta emotividad. De hecho, es mejor ingerirlo acompañado de una persona de confianza y no como lo que le sucedió a una de mis hijas, a quien le pusieron algo en la bebida y lo pasó muy mal. Tiene que ser con alguien como yo, que pueda guiarte a lo largo de todo tu viaje, porque ese viaje puede durar hasta varias horas, y como te digo, bajas al mismísimo infierno.

—Ya veo. ¿Y ha probado la cocaína o la heroína?

—A mí sólo me interesan los enteógenos. Las sustancias que inducen a la liberación, que abren las puertas de la percepción y de la manifestación de lo divino en la conciencia del usuario.

—¿Otra copa, señor Mondragón?

—No gracias. Ya nos vamos. La cuenta, por favor.

Salieron de la vinoteca riéndose de la gente que cuchicheaba a sus espaldas.

—¿Has visto Piropo por qué te digo que quiero ser invisible? ¿Viste cómo no paraban de mirarnos y comentar? ¿Con quién estará Mondragón? ¿Quién será esa rubia? ¡Cansa! Bueno, a ver ahora dónde vamos a ir a comer, o mejor dicho, a ver qué encontramos abierto porque ya son las cuatro de la tarde.

—¿Y ese restaurante que está ahí, señor Mondragón?

—¡Ah, sushi! Perfecto. Siempre y cuando resulte ser comida japonesa de verdad.

Mondragón ordenó la comida para ambos. A ella le daba igual lo que él pidiera. Sospechaba que tenían los mismos gustos en cuestión de paladar y además disfrutaba dejándose sorprender.

—Perdone que coja todo con los dedos, señor Mondragón, pero no sé utilizar los palitos.

—Yo tampoco.

—¿Y cómo sabe el salmón, Piropo?

—Mal.

—A ver…Tienes razón.

—Sabes, si todo va bien, tendré muy pronto un nuevo programa de televisión.

—¡Felicitaciones! ¿Va a ser algo así como el programa de Larry King?

—En España eso es imposible, Piropo. Será un programa *magazine*. A lo mejor podrías trabajar conmigo.

—¿Cómo?

—Tengo un grupo de redactores que escriben lo que leo a cámara porque, claro, yo no lo puedo escribir todo. No tengo tiempo. Yo luego edito el material que me entregan y le doy mi tono.

—Sería un honor, señor Mondragón.

Mondragón siguió comiendo en silencio mientras una sonrisa iba brotando de la comisura de sus labios. Piropo intuyó que muy pronto su nuevo amigo soltaría alguna pregunta o comentario molotov para desmantelar las bisagras de la actitud zen de la mujer y explorar los verdaderos límites de sus intenciones. Piropo hundió otra pieza de sashimi en la salsa de soja y en ese momento ocurrió la explosión.

—A los que trabajan conmigo les hago firmar una cláusula.

—¿De confidencialidad?

—Una cláusula que estipula que puedo follarlos y se tienen que dejar.

Piropo se llevó el sashimi a la boca. Masticó lentamente y luego le contestó imperturbable.

—A usted definitivamente le gusta pescar, señor Mondragón.

Mondragón bebió un poco de sake, se limpió la boca y exhaló complacido.

—¿Y por qué no? Nunca se sabe lo que puedes encontrar. Jesús fue pescador de hombres. Yo también lo soy. Pescador. De hombres y a veces de mujeres. Pero sobre todo, soy pecador.

Ella se atacó de la risa. Él también. Él suspiró. Ella también.

—En realidad, Piropo, pensándolo bien, el único gran problema de que trabajes conmigo es que no conoces Madrid. Y si tengo periodistas en mi equipo que son muy buenos y que viven aquí, en realidad no veo para qué te tendría que contratar.

—Tiene razón. Yo no estoy familiarizada con esta ciudad ni sé cómo se trabaja en el medio televisivo español.

—En fin, ya veremos qué pasa. ¿Quieres algo más?

—No gracias, estoy satisfecha, señor Mondragón.

—Entonces vámonos que ya no me queda mucho tiempo para estar contigo. La cuenta por favor.


**Camino del Ateneo**
*5:00 p.m.*

—Eres muy guapa, Piropo.

—Gracias, señor Mondragón.

—Pero vas demasiado tapada.

—¿En qué quedamos, señor Mondragón? ¿Me está haciendo un cumplido o dando una estocada? Pero las dos cosas no pueden ser.

Piropo sintió entonces la mano de Federico Sánchez Mondragón rebotar sobre el cachete izquierdo de su culo e instintivamente dio un saltito de *Charlot*.

—¡Señor Mondragón!

—¿Qué?

A pesar de su evidente sorpresa, comprendió de inmediato

que ese gesto deliberado del escritor pretendía pulsar todos los botones del cuerpo y mente de la redactora. Y no se equivocaba. Mondragón tenía la costumbre de poner a prueba a las personas muchas veces antes de poder confiar en ellas. Y esas pruebas solían siempre ocurrir en en el terreno sexual, el lugar que Mondragón consideraba uno de los más vulnerables del ser humano. Con ese descarado sobo quería descubrir hasta dónde lo llevaría el ascensor de las emociones de Piropo que, hasta ese momento, había permanecido detenido en el plácido quinto piso de las chakras de su dueña. Ella, por su lado, conocía bien el juego por ser una artimaña muy popular entre los redactores a la hora de provocar, transgredir e inquietar a otros para colgarse de las lianas de sus escrúpulos, miedos y sentimientos reprimidos, y así encontrar, en la selva de sus vidas, fascinantes historias y tirar de ellas. Por eso, lejos de ofenderse por la osadía de ese pase, Piropo escogió primero analizarlo y luego no darle demasiada importancia. Sin embargo, a los pocos minutos, Mondragón le propinó un pellizco en el mismo glúteo y esta vez la mujer decidió quejarse acentuando un falso recato.

—¿Pero qué hace, señor Mondragón?

—¿Qué va ser? Tratando de ver qué escondes debajo de ese vestido largo que te has puesto. Te queda bien pero pareces una monja. ¿No has visto cómo se visten hoy en día las chicas de tu edad?

—Sí. Enseñando el culo y las piernas.

—Bueno, tú deberías hacer lo mismo. Yo si fuera mujer, lo haría.

—Usted lo es, señor Mondragón.

—Lo sé.

—Y además es usted puta. Porque todos tenemos a un puto…

—… y a una puta en nuestro interior. No tienes que recalcármelo, Piropo. También lo sé.

—Pues si usted y yo tenemos un lado puto, señor Mondragón, un día deberíamos colocarnos una minifalda y salir juntos a la calle meneando las caderas y enseñando los muslos.

—Cuando quieras. No sería nada raro para mí. Te diré lo que ya he declarado en varias entrevistas pero que pocos creen: busco, como Leonardo, alcanzar el andrógino —que nada tiene que ver con el hermafrodita— y toda mi vida me he esforzado por cultivar la mujer que llevo dentro.

Se miraron con complicidad. De amigo primero. De amiga después. Y vuelta a empezar. Luego dejaron pasar un puño de silencio.

—No entiendo, Piropo, cómo puedes vestirte así. Tan...

—¿Tapada? Y vuelve la burra al trigo. Usted no suelta prenda, señor Mondragón.

—Es que me desconcierta. Una persona como tú...

—Prefiero lo clásico, señor Mondragón, que no es lo mismo que lo recatado. Me gusta más sugerir que revelar, al menos de inmediato. Salvo cuando se trata de escotes, porque no puedo evitar ser una chica de pensamiento escotado.

—Por eso me asombra tu atuendo.

—Bueno, pues ahora ya sabe por qué me visto como me visto. Ya se lo he explicado todo.

—No todo. ¿Se puede saber para qué ibas a dejar una propina en el restaurante?

—Es lo menos que puedo hacer, ya que usted me ha invitado, señor Mondragón. Además, en los Estados Unidos siempre se deja 15 o 20 por ciento de propina en todos los restaurantes.

—Eso es en los Estados Unidos. La comida estuvo horrenda. Sería el colmo dejar una propina por semejante asalto al paladar.

—En los Estados Unidos si al comensal no le ha gustado el servicio que le han dado, está en su derecho de dejar un centavo de dólar en la mesa al que le haya atendido. Lo que vendría siendo como darle una torta al mesero.

—Si se hiciera aquí lo mismo, no sabes la cantidad de bofetadas que andaría repartiendo por toda España.

—Pero bueno, nos queda una hora. Porque es que no te lo he

dicho Piropo, pero ha fallecido alguien de mi familia y tengo que ir con Nalika al entierro.

—Si quiere nos podemos ver en otra oportunidad. No quisiera robarle más tiempo.

—Todavía podemos conversar otro rato. ¿Conoces el Ateneo?

—No.

—Pues venga, te llevo. Es un lugar fantástico.

## El Ateneo de Madrid
*5:20 p.m.*

Atravesaron la puerta del Ateneo a la hora de la siesta. Desgranando preguntas y respuestas vertiginosamente sobre los centros concéntricos de sus vidas. Descendiendo y ascendiendo por el anverso y reverso de una curiosidad que, por las dos caras, los había mantenido dos años en *suspense*.

—La biblioteca te va encantar, Piropo. Anda. Entra.

—¡*Wowww!*

—Te lo dije.

—¡Qué hermosura, señor Mondragón!

Mondragón se quedó en una esquina almidonando en el silencio de la sala. Contemplando aquella mujer de cara medieval que admiraba los cientos de tomos alineados detrás de un cristal opaco.

—Me imagino que a los libros más antiguos le darán algún tipo de mantenimiento para evitar que la humedad, el polvo y la grasa de los dedos de quienes los tocan acaben con el papel y la tinta.

El hombre encogió los hombros y ensanchó en sus pupilas una respuesta sarcástica.

—Eso sería lo ideal. Pero recuerda, Piropo: esto es España.

Al salir de la biblioteca pasaron por la sala de la Cacharrería y la del Senado. Mondragón le contó a Piropo que allí se daba foro a las últimas corrientes de la filosofía, la medicina, la historia, la literatura y las artes. Después, llegaron a la Galería de los Retratos y se sentaron en un sillón de terciopelo verde apolillado, rodeados por caras antiguas que parecían espiarlos.

—A esta sala traje a Lucía.

—¿Su primera novia?

—Una de varias. Es que me canso rápidamente, Piropo.

—¿De las mujeres?

—En mis relaciones con ellas. Lo mío como mucho son dos años. Después de eso pierdo el interés.

—No me sorprende, señor Mondragón. Lo que le ocurre a usted, nos suele ocurrir a todos. Al menos a los que nos atrevemos a admitirlo. Es natural. De hecho, ya se ha comprobado científicamente que la química del cuerpo que atrae a un hombre y a una mujer sólo dura precisamente eso, de uno a dos años, como mucho. Al parecer, cuando un hombre se apasiona por una mujer sus niveles de testosterona en la sangre bajan y más bien sube sus niveles de neutrofina o «la molécula de la pasión». Al cabo de un tiempo estos niveles regresan a la normalidad y se acaba lo que yo llamo «la calentura». Pero estoy segura de que usted ya sabe todo esto. En todo caso, la verdad sea dicha, señor Mondragón: el sexo es como la comida y ¿quién quiere comer paella todos los días, por rica que ésta sea?

—En especial un *gourmet* como yo.

Mondragón cerró los ojos con una sonrisa plácida comiéndole las mejillas. Ella cerró los suyos con otra mordisqueándole los hoyuelos a cada lado de la cara. Ambos cuerpos latieron a su propio ritmo, acariciados por una dulce modorra que acusaba la hora de la siesta y el sonido de atropellados crujidos de madera empeñados en hacer caracolas de confraternidad bajo sus pies. De pronto, una suave brisa cerró la puerta de la Galería y separó los brazos de Morfeo para que los párpados de Mondragón y Piropo se abrieran a la lujuria.

—¿De qué color son tus bragas, Piropo?

—De color negro. ¿Y las suyas, señor Mondragón?

— Rojo.

—¿Rojo chino? ¿*Made in China?*

—O cuento chino.

—Usted dirá, señor Mondragón.

—Anda, súbete el vestido y muéstrame.

—¿Por qué habría de dejar que encaje la mirada en los encajes de mi intimidad?

—Deja de buscar el *porqué* de las cosas, Piropo. Lo que importa es el *qué*.

La brisa se convirtió súbitamente en torbellino y se coló por debajo del vestido de Piropo hasta inflarlo como un globo y obligarlo a replegarse en el horizonte de sus muslos.

—Creo que ha pasado un ángel o el fantasma de alguno de estos difuntos que están colgados en la pared, señor Mondragón.

—Quien haya sido, definitivamente me ha querido echar la mano. Por primera vez te veo las piernas, Piropo. Me gustan. Son fuertes.

—¿Como de hombre?

—Tú ya lo eres para mí, Piropo, y lo sabes.

—También soy Safo, señor Mondragón.

—Y Henry. No lo olvides.

—«Las espadas cortan el aire», ¿lo recuerda?

—Sí. Como también recuerdo que te dije: «Empuñémoslas».

—¿Entonces aquí comienza nuestro primer duelo, señor Mondragón?

—Más bien el primer asalto.

—Me decanto por las armas blancas.

—A excepción de la pluma, mi querido Piropo, las blancas son siempre las más placenteras.

—Entonces, maestro ¡*en garde!*

Piropo creyó escuchar la voz de Alexandre Dumas gritarle un desesperado *cherchez la femme!* al oído. Y Piropo la buscó. Buscó esa *femme*, la más *fatale* de entre las tantas ninfas que vivían en ella.

Y cuando por fin la encontró, Piropo se la presentó al escritor. Sin decir nada, la *femme fatale* abrió sus piernas para que, entre las telarañas de una lencería victoriana, Federico Sánchez Mondragón pudiera admirar la magestuosidad de una falúa esperando ser abordada.

—*Touché, madame Piropo.*

# 3 de julio, 2008

Federico Sánchez Mondragón invitó a Piropo a acompañarlo a Onda Cero, donde el escritor participaría en una entrevista de radio, eso sí, advirtiéndole que en caso de aceptar su propuesta, ella tendría que presentarse a las cinco de la tarde en punto delante del portal de su casa en el barrio de Salamanca y que si llegaba tarde, él no la podría esperar. Piropo agradeció la invitación y le aseguró que ella era muy puntual. Pocas horas después se subió a un taxi rogándole al chofer adormilado por el calor que tomara la ruta más corta, enfatizándole que estaba con prisa y que no se esperaba tantas construcciones en las vías principales. La bofetada del conductor no se hizo esperar. La de rigor. La que le recalcó con una lengua pastosa que *con prisa estamos todos, señora.* El aliento zen de Piropo permaneció sereno y se limitó a musitar un *así es la vida.* Pero como las cachetadas siempre vienen en pares —porque por suerte pares son los cachetes, las nalgas, la tetas y los cojones— la segunda bofetada se aseguró de dejar en claro a Piropo *que no señora, así no es,* poniendo de esa manera un punto final a una conversación que el taxista consideraba se estaba volviendo demasiado filosófica para él.

**Rumbo a Onda Cero**
*5:15 p.m.*

—¡Pero qué puntualidad, Piropo!
—No ha sido fácil. Pero aquí estoy, señor Mondragón.
—Y por fin te has atrevido a venir con falda.

—Como el lobo de la Caperucita Roja, señor Mondragón: «Para que me pueda ver mejor».

—Aquí el único lobo soy yo. Y feroz. Pero bueno Piropo, a lo que vamos. Esta entrevista va ser muy divertida. Te va a gustar. Es acerca del sexo en la tercera edad.

—¿Y qué va a comentar al respecto? Digo, si me puede adelantar algo…

—Ya veremos. ¿Has tenido sexo con alguien de setenta y dos años, Piropo?

—No.

—Pues yo tampoco.

—¿Entonces?

—Siempre he dicho que mi mayor órgano sexual es mi cerebro. A mi edad, lo que me interesa son las fantasías, los cambios de roles, las situaciones, que por supuesto con los años se van haciendo cada vez más barrocas.

—¿Pero no se ha visto limitado tras su cirugía de la próstata?

—Te lo dije la primera vez que nos vimos en el Café Gijón. Yo follo, Piropo. Todos los días tomo 5 miligramos de Viagra y con la ayuda de una galletita de marihuana —que por cierto, me las prepara Nalika— estoy siempre listo, o lista, según lo que se presente. Y si no se presenta nada, pues no importa. Como decía Santa Teresa: «Nada importa; y si importa, ¿qué pasa?; y si pasa, ¿qué importa?»

—O sea que siempre lleva una galleta de marihuana en la mochila.

—No siempre, mi querida Piropo. Pero sí otras cosas.

—¿Cúales?

—¿Por qué no lo averiguas? Te sorpenderías muchísimo al ver todo lo que llevo en ella. O quizás no.

—Lo haré. Le prometo que muy pronto lo haré…

## 4 de julio, 2008

La cuarta cita de Piropo y Federico Sánchez Mondragón tuvo lugar en los estudios de Telemadrid. Allí, Irene, la productora del programa *Noches Abiertas*, presentó a Piropo a varios escritores de renombre, incluyendo a Fernando Sánchez Dragó quien, para sorpresa de la redactora, llevaba como ella la misma pulsera de marras con dos bolitas de cuarzo, tan popular en la década de los ochenta por ser considerada como un producto que recargaba la energía perdida de las células y reestablecía el balance en el cuerpo de sus usuarios. Y mientras todos esperaban a ser maquillados, Piropo pudo advertir en los invitados la misma mirada —mitad lástima, mitad envidia— que asumía lo asumible; esa rubia debía ser la de turno, la última conquista de Mondragón, la aspirante a algún puesto en su equipo de producción que terminaría eventualmente atrapada entre sus sábanas.

—Tengo que ver a una persona en casa después de la grabación, Piropo. Es la hija de un buen amigo que ya falleció y que viene a contarme una historia muy delicada. Luego te explico. Pero quisiera cenar contigo. Es sólo que ha surgido esto y…

—No se preocupe, señor Mondragón. Ya habrá otra ocasión para vernos.

—¿Cuándo? Mañana salgo para Barcelona y tú te vas la semana que viene a Torrevieja.

—Así es.

—Mejor ven conmigo a casa y espérame en la sala. No creo que me tarde mucho.

—¿Está seguro? Lo podemos dejar para otro momento.

—El momento es ahora, Piropo. Aprovechémoslo.

Cuando regresaron al piso de Federico Sánchez Mondragón, Piropo leyó un pedazo de papel blanco pegado con una cinta Scotch en la puerta de la entrada que decía: «A este templo sólo se puede entrar desnudo. Por eso, le rogamos que se descalce». Así lo hicieron, aunque la petición a Piropo no le pareció inusual, pues al otro lado del Atlántico y sin cartel que se lo recordara, así mismo se movía ella en el interior de su morada.

Apenas había dado dos pasos, cuando Piropo se detuvo ante un póster colgado de la pared donde Mondragón salía retratado en blanco y negro, como si fuese un cantante de los años setenta.

—Esta foto es de cuando me nombraron «Hombre Diamante».

—¿Diamante?

—Sí, fui escogido entre los seis hombres más guapos de esa época. Era yo muy joven y te daban una cadena de donde colgaba este diamante, ¿lo ves?

—Sí.

—Ven, vamos a hacer *un petit tour.*

Y así Piropo se fue infiltrando en el laberinto de Teseo, escoltada por Buda, el gato esfinge del escritor, gozando a cada paso de lo que era un festín para los ojos de la mujer: carteles taurinos, fotos con Rafael de Paula y Antonio Bienvenida, otras con Borges y Jorodowsky, libros y enciclopedias por doquier, premios literarios, habitaciones con y sin espejos para follar con o sin espejismos, pipas de la India y, coronando la oficina de Mondragón, un enorme Minotauro pintado al óleo con una inscripción que leía: «Queda bien que en el centro de una casa monstruosa haya un habitante monstruoso… Borges, de *El libro de los seres imaginarios.*» La visita culminó en la sala principal adornada por tankas tibetanos cubiertos por pañuelos amarillos. En el centro se imponía una hermosa arpa.

—¿Quién lo toca, señor Mondragón?

—Depende de dónde me encuentre.

—Me refiero al arpa.

—Lo sé. Lo toca mi mujer. Pero bueno, antes de que te deje aquí, ¿te apetece una galleta?

—Sí. Gracias.

—Es una galleta de marihuana, Piropo. Otras no tengo.

—En ese caso, otra vez gracias, pero no.

—¿Una Coca-Cola entonces?

—Siempre y cuando no sea *light*.

—Vamos a la cocina a ver qué tengo.

El hombre le ofreció una Coca-Cola de dieta que ella aceptó porque no había otra bebida y tenía la garganta seca. Luego volvieron a la sala donde estaba el arpa y él le indicó que lo esperara allí hasta que se marchara su visita. Cerró la puerta y todo se quedó en silencio. Piropo se sentó entonces en uno de los sillones rojos de la estancia, sacó su cuaderno de viaje y escribió hasta que se quedó dormida.

—Piropo, Piropo… Despierta.

—Disculpe, señor Mondragón. Me venció el sueño.

—Lo siento. No pensé que me iba a alargar tanto, pero la mujer que me vino a ver quería contarme algo muy delicado. Es que se acaba se enterar de que su padre, quien falleció hace poco y que era, por cierto, alguien muy importante en el mundo de la política y un gran amigo mío, no era su padre sino en realidad su abuelo.

—Vaya culebrón. Pero no se preocupe, aproveché el tiempo y me puse a escribir en mi cuaderno notas sobre todo lo que he vivido con usted hasta ahora.

—Pues se me ocurre algo morboso que puedes añadir a tus crónicas.

—Soy toda imaginación y oídos, maestro.

—Inventémonos una carta ficticia.

—¿Dirigida a quién?

—¿Es celoso tu marido?

—No.

—Entonces se la vamos a dirigir a él.

—¿Por qué a él?

—¿Y qué más da? Ya te lo dije, Piropo: deja de preguntarte el porqué de las cosas.

—Vale.

—A ver… Vamos a retroceder en el tiempo y volver a esta tarde… Yo te dicto la carta. ¿Estás lista?

—Sí.

—Pues aquí te va:

*Estoy en un taxi camino a Onda Cero que es una emisora de radio. Mondragón me ha pedido acompañarlo. O mejor dicho, soy yo la que le he pedido permiso para hacerlo. Sólo ha puesto una condición: que viniese con falda. ¿Por qué se habrá empeñado en eso? ¿Tú qué crees, mi amor? Estoy confusa. Me siento turbada. Espero que no te enfades ni te preocupes si te digo que me he puesto una falda corta y vaporosa y que he husmeado a Mondragón nada más verlo. Ya sabes lo importante que es eso para mí. Me interrumpo ahora. Estamos llegando. ¿A qué? Te mantendré informado. Te beso en el mismo lugar donde voy a besarlo a él.*

*PD: ¿Cómo será besar a Mondragón? Perdona. Estoy siendo un poco pérfida porque ya lo he hecho. Luego te escribo más.*

—¿Qué te parece, Piropo? ¿Te atreverías a enviarle esta carta a tu marido?

—¿Quiere que acabe divorciada por mandarle un rollito de primavera, un cuento chino?

—¿Lo es?

—Otra vez está usted pescando, señor Mondragón. Sólo que esta vez con mosca.

—Ya se verá. Por lo pronto, vamos a cenar que me muero de hambre.

—Encantada.

—Eso sí, antes de salir voy a por un aperitivo a la cocina.

—O sea a por una de sus galletitas.

—Por supuesto. Ahora mismo vuelvo.

## Restaurante D'Valeria, Madrid
*10:00 p.m.*

Decidieron probar un restaurante peruano —D'Valeria— en el barrio de Malasaña y el mesero de turno, al reconocer al escritor, se desvivió por atenderlos y recomendarles *los mejores platillos de la casa*. Mondragón ordenó un Cholo Bravo y Piropo una Tumba Chola, una pareja dispareja de piscos preparados a base de zumo de uva negra y blanca, respectivamente, con un toque de naranja y Cointreau para el Cholo, y uno de Limoncello para la Chola. Pero como ni Piropo ni Mondragón se conformaban con los placeres que ocurren en pares, optaron por la trinidad de los que suelen provocar múltiples. Y así, compartieron en silencio un Carajo, una Papa a la Huancaína y una Causa Rellena con la serenidad de saberse sobre un camino abierto, despoblado de estaciones, de apegos o expectativas en el horizonte.

## Piso de Federico Sánchez Mondragón
*11:00 p.m.*

De vuelta en el piso de Mondragón, el escritor llevó a Piropo a otra sala. Era más pequeña y acogedora. Estaba llena de tapices, recuerdos y adornos orientales. Allí le enseñó fotos de su familia y de sus ex mujeres.

—¿Por qué se ha casado tantas veces, señor Mondragón?

—A las mujeres, Piropo, os gusta hacer campamentos. A los hombres en cambio nos gusta salir de caza. Pero claro, nos gusta también tener un campamento a donde regresar después de la caza para allí poder lamernos las heridas.

—¿Y por qué siempre ha escogido a mujeres más jóvenes que usted para compartir su vida?

—Una mujer joven, Piropo, te sigue a todas partes. Se lanza contigo a la aventura. Con los años, eventualmente termina por querer hacer su campamento, por querer tener hijos... Y los hijos atan, Piropo. Y al cazador, al viajero y al escritor no le gusta tener ataduras.

Mondragón le propuso entonces continuar con el dictado. Ella encendió el ordenador y ambos siguieron jugando un juego cada vez más peligroso.

*Ahora estoy en casa de Mondragón. Estamos solos. Su mujer se ha ido de viaje. Acaba de pedirme que me acerque a él. Estoy cada vez más confusa. ¿Debería hacerlo? Te confieso que siento entre mis muslos lo que siente la tierra cuando, después de la lluvia, sale el sol y la humedad surge de ella como un vaho.*

—Bueno Piropo, vamos a dejar el resto de la carta para otra oportunidad porque tengo una sorpresa para ti.

—¿Ah sí?

—Te quiero presentar a alguien. Es una amiga íntima que está por llegar.

—¿Qué tan íntima es?

—Es una puta.

—¿De oficio? ¿O es una amiga con beneficios?

—¿No son las dos cosas lo mismo, Piropo?

—Supongo que sí. ¿Y se puede saber cuál es el nombre de la señorita que voy a conocer?

—Es señora y se llama Anaïs.

—Como Anaïs Nin.

—Pero más perversa.

—Creo que tengo una idea de quién es. Es terrible.

—No tienes una idea. Ya lo verás. Te va a impactar.

Apenas Federico Sánchez Mondragón desapareció en el dédalo de su piso madrileño, Piropo sintió que su corazón comenzó a dar patadas de ahogado, que los tapices del suelo de madera se convertían en arena movediza y las estanterías de libros en escuadras de cañones apuntando hacia ella. Creyó escuchar el timbre de la puerta, pero el zumbido de sus oídos no le permitió distinguir lo uno de lo otro. El mareo se fue acentuando y el sudor arremolinándose sobre el crepúsculo de su frente griega. En cualquier momento entraría esa *madame,* esa meretriz, ese minotauro del deseo y Piropo podía oler en la pulsación unánime del silencio que, pasara lo que pasara, esa noche tendría que dar la talla, en este caso la única posible: la unisex. Ese compromiso tan inesperado la forzaría a recurrir a alguna de las mujeres de su lado Yin —a la más zorra, claro—, o bien a abrir el picaporte de su inexplorado lado Yang y dejar que un macho cabrío, un chulo como Henry —su *alter ego*— dotado de una polla insaciable, tomara las riendas del placer. Las posibilidades eran infinitas, incontrolables, como incontrolable fue el pánico que se apoderó de Piropo. Sacó del bolso su inhalador para el asma, aspiró dos bocanadas de Albuterol y cerró los ojos para aplacar con gotitas de sabiduría budista —la vida no es para ser pensada sino vivida— los borbotones del miedo y las escaramuzas de esas mujeres y hombres descosidos y deconstruidos bajo su piel.

*11:20 p.m.*

Una voz exageradamente obsequiosa susurró al oído de Henry, el *alter ego* de Piropo, un elástico «hoooolaaaaa». El hombre despertó, entonces, del breve sopor en el que había caído la dueña de su lado Ying. Desde lo más profundo de sus nuevas retinas masculinas, comenzó a ebullir una parvada de visiones fantasmagóricas y celestiales que llenaron los archivos del asombro de Henry, abultando la percepción del entorno, confundiendo el exterior con el interior, extasiando sus sentidos y convirtiéndolo en testigo de una metamorfosis inesperada: Federico Sánchez Mondragón se fue replegando sobre sí mismo hasta convertirse en un *origami* y desaparecer por completo. Y de ese hijo ilustrado, rebelde e inconforme, por entre los racimos de libros de la oficina del escritor, emergió de pronto una quimera. Una vulgar y espléndida cortesana de labios rojos mal dibujados y ojos picasianos quien, con las manos apostilladas sobre las caderas, presumía lascivamente de su botín: unas piernas níveas y fervorosas cubiertas a medio camino por unas medias rojas con liga; una cintura de alcahueta subyugada bajo un corsé de vertiginosa tela arácnida; un culo rubenesco en pompa, sostenido por un par de aguijones negros y comprimido en una minifalda vaquera deshilachada que escondía una cueva de Alí Babá, el Árbol de los Deseos, un *yoni* húmedo, sagrado y en celo. Henry contempló a esa guerrera de otras eras y de otros eros desde lo más profundo del abismo de sus deseos y de un nerviosismo que lo debilitaba. No cabía duda. Tenía que ser ella. Anaïs. La mujer de la que el septuagenario tanto le había hablado y que leía, tras los párpados de Mondragón, las cartas de Piropo. Ella, la que con sus muslos nidios y tumescentes provocaban ahora en Henry una erección tan generosa que temía dar el gatillazo sin haber podido ofrecer aunque tan sólo fuese un *échantillón* de sus afamadas dotes de maestro en el arte del sexo tántrico y de la inyaculación voluntaria que le permitían alcanzar sensaciones orgásmicas plenas y sostenidas. Sí, era ella, Anaïs, la ninfa del placer, la que le hacía recordar ahora que entre la conciencia y la inconciencia hay una sola puerta y ninguna ciencia. Ella, Anaïs, la que con pasos certeros y meneándose a lo largo y ancho de la excitación de Henry, le bisbiseó con voz sabionda lo que Federico Sánchez Mondragón había descubierto años atrás leyendo la Bhagavad-Gita: «Haz lo que temes, Henry, y el temor desaparecerá».

## 17 de agosto, 2008

Volver al aeropuerto de Barajas después de semanas de locura en España. Apearme en la terminal T4, es decir, en donde desembocan las cuatro letras «t» mayúsculas que reciben o despiden al viajero. La de «T-aguantas la mala educación de este país», «T-jodes si te fuman encima», «T-callas si no te gusta» o «T-largas de aquí». Llegar al mostrador de la British Airways y preguntar a una azafata española si el avión que me llevará a los Estados Unidos viene muy lleno. Sentir la puñalada de su aberrante literalidad perforar la epidermis de mi error gramatical para aclararme con una sonrisa de *Gioconda* que *este vuelo no viene señora, este vuelo va.*

Facturar mis celulíticas maletas y meditar sobre mi encuentro con Federico Sánchez Mondragón. Anotar en mi cuaderno de viaje que hace una semana el escritor y yo nos despedimos con una sonrisa en la mirada y sin decir palabra. Reconocer que no creo en las despedidas, sino más bien en los «hasta luego», que la vida es una sucesión de instantes salpicados de encuentros a menudo breves, y con suerte, fortuitos, y que desde ese punto de vista, si Mondragón, Anaïs, Henry y yo nos volvemos a ver será prácticamente en un abrir y cerrar de ojos, en literalmente, otro instante. ¿Dónde? ¿Bajo qué circunstancias? Poco importa. Recordar que lo esencial es precisamente carecer de objetivos, no forzar nada y practicar el arte del *wu wei* —de la no acción— fluir y de ser posible quedarnos quietos, vacuos —no ser.

Leer en la sala de espera el último SMS que Henry envió a Anaïs desde Torrevieja tras aquella noche de delirio que compartieron en casa del señor Mondragón.

Despegar…

SMS

---

De: Henry
Para: Anaïs

30 de julio, 2008

Hollywood asegura que «los caballeros las prefieren rubias». Los guerreros las preferimos caballeros... o damas, siempre y cuando sean muy putas.

Señora, a la distancia, mis feromonas se abren paso por entre *une peste touristique* y salen al encuentro de su olor a Aleph, para luego arremolinarse en el recuerdo de ese Chanel N° 5 que bien podría ser un 69, o viceversa. No cabe duda Anaïs (si acaso tan sólo las de las matemáticas tántricas que admiten el placer) que deberíamos seguir explorando y mojando con agua bendita, taoísta o budista, la Trinidad de nuestras mutuas curiosidades... ¿El año entrante quizás?

Henry.

# Segunda parte

## 23 de diciembre, 2008

Retomar este cuaderno de viaje después de cuatro meses de todo un embarazo de vida doméstica a cuestas, de una mudanza a Houston, Texas, y de dos cirugías que me tuvieron al borde de la muerte. Albergar como resultado de ello cicatrices mentales que han acentuado mi hipocondría. Sentirme débil. Creer que en cualquier momento puedo sufrir otro cólico nefrítico, otro ataque de asma, otra neumonía. Estudiar con Henry, mi *alter ego*, toda posibilidad de escape que me permita recobrar el vigor que he perdido. Encontrar la respuesta en los planes secretos que él y Anaïs espolinan en secreto, en las cartas de un *affaire* que va encendiéndose en el pentagrama de una historia con dos melodías, la que el señor Mondragón y yo vamos entonando al ritmo de nuestra amistad, y la que Henry y Anaïs van tocando al compás de sus deseos y fantasías.

SMS

---

De: Henry
Para: Anaïs

23 de diciembre, 2008

Desde los vórtices energéticos de Sedona, donde me encuentro paseando y meditando, le envío un afectuoso saludo *madame* y le deseo una feliz navidad. Le confieso que en mi mochila de aventurero cargo sus caricias y gemidos —no por sentimental o romántico— aunque a veces pueda padecer de ello, sino por práctico y goloso: en medio de estas montañas recordar su aroma a Chanel

N° 5 me produce una excitación vertiginosa y me lleva al orgasmo en una delirante agonía. Espero que nuestras mutuas agendas y respectivas curiosidades nos permitan repetir más de alguna ricura en el 2009, pues tengo aún tanto que quisiera descubrir y aprender de las delicias y sabores escondidos de *madame.*

*A vos pieds.*

Henry.

From: Federico Sánchez Mondragón <Nadie@yahoo.es>
Date: December 24, 2008  4:21:40 AM CST
To: Piropo <piropo@piropo.us>
Subject: Respuesta a mensaje a móvil

Mi querido señor: recibir noticias suyas es como pintar la boca del tiempo con rayos de sol, y a la vez, mojarse con los chubascos de una agonía casi idéntica a la de su orgasmo delirante, una agonía que sólo encuentra tregua cuando me acaricio por las noches, pensando en usted, en los mismos lugares donde sus manos, su boca y su piel lo hicieron. Abro mis piernas y el canal de mi deseo para que su dulce paso, peso y prosa se pose sobre mi cuerpo. Deseo sentirlo en lo más hondo de mi ser. Muy adentro. Allí donde su literatura penetra y arrebata a mi pituitaria. Soy suyo. Suya, digo. ¿Será usted mío? ¡Ah, la arena movediza de los misterios del Yin y el Yang!

Salgo el sábado hacia Bangkok y Phnom Penh. Llevaré en la maleta un frasco de Chanel N° 5 y numerosas prendas de lencería que le harán perder la cabeza entre mis piernas. Escríbame. Quiero verlo pronto en España, o en cualquier otra parte del mundo, al hilo de Ariadna (yo) y de la espada o falo de Teseo (usted) del año que empieza. Hagamos todo lo posible. Henry Miller y Anaïs Nin resucitarán en nuestras venas y dejarán de ser ceniza para convertirse en mágicos polvos de infinita perversión, depravación, lujuria, es decir, en vórtices energéticos, en abismo de deseo...

Le escribo con la vulva convertida en caldo. Fólleme.

Anaïs.

28 de diciembre, 2008


Soñar con viajar. Prenderme a las alas de cualquier Boeing, su-
marme a los puntos de cualquier viajero frecuente y emprender
el vuelo. Olvidarme de que mi cuerpo se ha visto repentinamente
atropellado por una bola gigantesca. Una bola de años —cuarenta— que de la noche a la mañana lo han transformado en
algo ajeno a mí misma. Despertar una mañana y reconocer que
mis nalgas se han vuelto sublevadas y celulíticas. Mis pechos es-
triados y vencidos. Mi vulva elocuente y cavernosa y mis brazos
pura antología. Descubrir que lo que creía que era un moquillo
en una narina es en realidad el primer asomo de mi vetustez, el
primer pelillo blanco y grueso que me asegura que de ahora en
adelante iré perdiendo el color hasta volver a ser lo que fui al
nacer: una página en blanco. Comprender que los rayitos de sol
que antes iluminaban el pelo de mi juventud son la burla de todas
esas canas que ahora despuntan en el alba de esa cuenta regresiva
hacia la muerte. Que ese chorrito que se me desvió al orinar no
fue accidente, sino el principio de un chorro de cosas en las que
me fallará la puntería. Examinarme la cara en todas las lupas de
los mostradores de las tiendas departamentales. Descubrir man-
chas aterradoras. Someterlas a la luz ultravioleta del dermatólogo.
Confirmar que de momento todo pinta bien, incluyendo algunas
de esas pecas que antes me hacían ver muy mona y que ahora
han cambiado de forma y color porque *después de todo señora, iré al
grano, aunque a usted en esta etapa de su vida ya no le salga alguno: lo suyo
son los clásicos síntomas de envejecer.* Confirmarlo con mi ginecólogo,
quien se ofrece a subirme el útero y hasta reconstruirme el hímen
con tal de que me sienta más joven. *Porque recuerde, estamos aquí*

*para servirle.* Comprobar con mi podólogo que todo lo anterior es cierto, que mis dos uñeros son el presagio de que a través del tiempo vamos echando raíces, en los dedos de los pies, a lo largo y ancho de nuestra cabellera, de nuestra prole, de nuestra tierra. Negarme a convertirme en planta, a pasármela vegetando, a quedarme quieta. Oír el eco de la voz de Henry concordar conmigo. Convertirme en su cómplice. Abonar carta a carta, e-mail tras e-mail, SMS tras SMS, el terreno que el año entrante me permitirá huir del Viejo Oeste.


SMS

— — — — — — —

From: Henry
To: Anaïs

December 31, 2008

Acuso recibo. Me cuentan que La Perla de Asia y sus cuatro caras esconde suculentos platillos y otros placeres. Nadie mejor que usted, alteza, para saborearlos y contarmelo todo a su regreso. Le deseo una feliz nochevieja y disculpe que lo haga sin tildes, este teclado americano de mi telefono hoy me limita a tal punto que, como podra constatar, me resulta dificil desearle un feliz ano sin aludir a sus partes mas privadas. Le ruego me disculpe el descaro.

Henry.


From: Federico Sánchez Mondragón <Nadie@yahoo.es>
Date: December 31, 2008  4:37:09 AM CST
To: Piropo <piropo@piropo.us>
Subject: Ano, sin eñe, feliz

Puede referirse a la república impúdica de mis partes privadas, si así lo desea. El placer será mucho y mutuo, espero. Anoche mis partes se compartieron y se partieron. Fue su proveedor y posesor un masajista tan eficaz como atractivo y bien dotado. Aquí abundan. Pensé en usted mientras me poseía. Tuvo que amordazarme para acallar mis clamores de putilla y mis aullidos de perra en brama. Hoy nos veremos por segunda y última vez, porque mañana me voy de Bangkok. Traerá a un ayudante. Mi placer se multiplicará y múltiples serán mis orgasmos. ¿Siente envidia? Qué bueno. La culpa es suya.

Y es verdad. No puede desearme un ano (sin eñe) nuevo, porque lo tengo muy celebrado y muy feliz. Tanto, por lo menos, como lo forcejé y lo festejé anoche. ¿Será su merced quien me proporcione esa felicidad? No demore más.

Hoy me he comprado atuendos, ropita. Esta noche estrenaré falda. A decir verdad, ya la llevo puesta. Es una mini, y más que cubrirme, me descubre. ¿Recuerda la película *Basic Instinct*? Hoy cruzaré y descruzaré los muslos para seducir a mis amantes. ¿Cuándo volverá a serlo usted?

Anaïs.

10 de enero, 2009

Comenzar el año nuevo con una frente nueva. Regalarme una inyección de *Botox* y paralizar todas las arrugas de mis preocupaciones a la altura de mis cejas. Comprobarle a mi marido que fruncir el seño me es ahora imposible y que tratar de hacerlo me hace irremediablemente tiritar el lagrimal izquierdo y derramar una lágrima de plata. Explicarle que de ahora en adelante cualquier disgusto será recibido sin expresión, a excepción de la verbal. Añadir que si antes su mujer era zen ahora es *zenzual*, y que los mil dólares que pagó por ponerle siempre buena cara —a él y al tiempo— incluyen el precio de una ampolleta de cero punto ochenta mililitros de ácido hialurónico que ha eclipsado el código de barra que se me estaba formando por debajo del bigote. Aclararle finalmente que si ve algún asomo de baba arremolinarse en la comisura de mis labios y luego desbocarse a la altura de mi inquebrantable mentón es porque tengo los labios completamente anestesiados, pero que al menos éstos ya nada le tienen que envidiar a los de Angelina Jolie. Observar en mi cónyuge una mirada de desconcierto, alegría y perversidad. Perderme en sus brazos, y en una galería de caricias volcánicas y besos trufados que desordena sobre mi boca con ansiedad febril.

De: Piropo <piropo@piropo.us>
Fecha: 25 de enero, 2009  1:38:08 PM CST
Para: Federico Sánchez Mondragón <Nadie@yahoo.es>
Asunto: Re: Ano, sin eñe, feliz

Mi señora,

Sus cartas me halagan precisamente porque soy solamente otro de sus zánganos que revolotea en la colmena de su alteza, atrapado por el encanto de su abeja reina, ansioso de emprender el vuelo nupcial para poder copular con ella y luego morir como un guerrero.

Leí con ansiedad que se había acicalado y preparado su carne de puta para dejarse cazar. Le ruego me cuente todos los detalles de aquella salida. Sus devaneos son dulce veneno para mí. De hecho, le ruego que cuando pueda me envenene con la cantárida (la mosca española), con las pastillas de Richelieu,* o con cocteles de mandrágora, belladona, cardamomo y madreselva. Correrán como dulce miel por mis venas ya que el dolor y el placer van siempre de la mano de mi lascivia.

Además, quiero llegar a conocer el punto de Gräfenberg del vientre de *madame*, el U, el A (AFE) y el casi inaccessible punto K de Keesling. Quiero estimular todo el abecedario de su cuerpo y hacerla alcanzar orgasmos desconocidos y el éxtasis absoluto. Soy territorial (más no celoso), mi señora, y la próxima vez que nos encontremos quiero que al penetrarla, mi verga borre de la memoria de su vagina todos sus amantes pasados. Quiero llenar su vientre de mi nata y convertirlo en una página en blanco donde sólo yo pueda escribir. Al menos durante las noches, mañanas o tardes en que estemos juntos. Después puede usted volver a sus andanzas de puta que me vuelven loco y me hacen desearla cada vez más.

Soy un adicto a sus cartas. No deje de escribirme, se lo imploro.

Henry.


* Se dice que el cardenal Richelieu (1585-1642) era un aficionado a comer bombones de chocolate y que gracias a él se introdujo el chocolate en París. Como en esa época el chocolate era considerado un medicamento, de ahí que aquellos bombones fueron conociéndose como las pastillas de Richelieu.

From: Federico Sánchez Mondragón <Nadie@yahoo.es>
Date: January 26, 2009 1:23:56 AM CST
To: Piropo <piropo@piropo.us>
Subject: Pastillas de Richelieu

Soy yo la que se halaga con sus cartas ardientes, de viento a viento, de vientre a vientre. Descuide. Le suministraré mis pócimas secretas, pero ¿qué son las pastillas de Richelieu? ¿Acaso son precursoras del LSD? Edúqueme al respecto. Soy una inocente mariposa de la mano de *monsieur,* una hoja en blanco, un lienzo virgen donde su polla puede inscribir la *vita nuova* que empezó para Dante cuando se cruzó con Beatriz di Folco Portinari en el Ponte Vecchio.

Y hablando de pollas... Ayer, domingo, por la tarde, me fui a un cine X. En mi bolso llevaba una barra de mantequilla. Siempre ha sido una de mis fantasías que me engrasen el ano como a los moldes para postre —yo lo soy, un postre—, al puro estilo de *El último tango en París,* y que luego me follen varios con el culo chorreando mantequilla. Y así fue. Varios en el cine le propinaron bocados a la barra y uno tras otro fueron derritiéndome su pedazo de mantequilla en el culo, comiéndome las nalgas y montándome durante más de tres horas. Estoy rendida pero ardo en deseos de beber su leche y de que me bañe con su lluvia dorada. No me haga esperar más.

Anaïs.

3 de febrero, 2009


Renunciar por la mañana a mi exquisito *tall mocha* de Starbucks y al delicado *biscotti* con el que lo acompaño. A los atracones de sushi enjuagados con sake que gozo a la hora de la comida. A las deliciosas noches de apestosos quesos franceses, *foie gras* y vino seguidos de suculentos *petits fours* de postre. Y en general a todos los manjares de los cuales disfruto habitualmente porque según lo indica la pesa y la tabla colgada en la pared del centro para adelgazar al que me he apuntado, estoy en los arbores de la obesidad plena, rotunda y rubicunda. Admitir que el programa que tengo que seguir para perder peso es poco convencional. *A partir de hoy, muerda y mate, señora,* me explica apuntándome con una pistolita de agua la monitora vestida como vaquero con sombrero y botas filosas que imparte las charlas semanales. Contener la risa. Seguir escuchándola con curiosidad y benevolencia. *Sólo un bocado es necesario para satisfacernos. Permítale a su mente concentrarse y gravitar en derredor de la sensación. Permítale a su alma fluir con la inmensa energía que nos procura un solo bocado. Lo demás —la gula, la culpa— tírelo a la basura. Morder es vivir con intensidad, matar es deshacernos de todo aquello que nos pesa tanto y que nos convierte en lastres de nosotros mismos.*

Recibir en ese momento el inesperado disparo de un chisguete que empapa mi vestido de seda mientras la mujer que parece salida de una película de John Wayne me enfatiza con un *bang, bang, bang* que *recuerde, señora, el secreto para adelgazar está en morder y matar, morder y matar.*

De: Piropo <piropo@piropo.us>
Fecha: 15 de febrero, 2009  3:38:41 AM CST
Para: Federico Sánchez Mondragón <Nadie@yahoo.es>
Asunto: Desvelo

El aliento de la madrugada adoba mi verga con Chanel N° 5, unta mi glande de vigor y vehemencia, lo encauza por entre ese dédalo adoquinado con vuestra batiente lascivia que desemboca en un vientre de aplicada cortesana. Hacédme suyo, señora. Arañádme con palabras decadentes. Engrase mi falo con su lengua de guerrera. Muérdame todos los puntos cardinales que quiero perderme entre sus gemidos y aullidos de zorra. Concédame un esbozo de lujuria, enséñeme el escote de lo que en Bali o en China algún día nos espera, permítame morir y reencarnarme en cada uno de sus orgasmos.

Henry.


From: Federico Sánchez Mondragón <Nadie@yahoo.es>
Date: February 25, 2009 7:48
To: Piropo <piropo@piropo.us>
Subject: Re: Desvelo

Señor,

Ubud es el lugar ideal para vernos y uno de los más hermosos de Bali. No se preocupe por el hotel. Cada cual tendrá su propia habitación. No hay nada menos sexy que aunar las horas del placer carnal con las de los rituales oníricos.

Penétreme con el sacramento del deseo, bendígame con la dureza de su falo y hágame pecar.

Su puta buscona.

Anaïs.

2 de marzo, 2009


Celebrar con una sola cerveza que he perdido seis kilos en seis semanas. Pesarme al día siguiente y constatar con horror que he recuperado uno de ellos. Preguntarme con frustración cómo es posible que un simple vaso de alcohol me engorde en una sola noche. Recordar haber leído en un revista que al hacer el amor se queman ochocientas calorías. Follar como enajenada para comprobarlo y constatar que resulta. Que he perdido quinientos gramos. Ingerir dos pastillitas laxantes y desalojar los otros quinientos gramos de mierda acumulada que seguramente se encuentran almidonadas en mis intestinos. Obsesionarme con cada gramo que subo o bajo. Otorgar a cada kilo el poder de hacerme alcanzar el éxtasis o de catapultarme a las mismísimas puertas del infierno. Sucumbir a un yo-yo emocional y dejar de ser yo. Anhelar nunca volver a sentirme vulnerable llegado el verano. Jurarme nunca volver a tener que rendirle culto a las cremas de sol para tratar de maquillar las estrías, los granitos o las blancuras de quienes no nacimos en una cama solar o hechos unos adonis o unas ninfas. Admitir que ni el «factor 70+» puede cubrir la única realidad corporal de la que muchos no podemos escapar y que nos convierten en meros puntos de referencia, especialmente en la playa donde ocurren los diálogos más escalofriantes que comienzan con un *¿dónde están los baños? Mi amor.* Y continúan con un *por allá mi cielo… pasas esa flaca de pecas, doblas a la derecha donde está aquel gordo peludo y la señora con urticaria, sigues por ahí donde asoman los «michelines» de aquella vieja con várices y una verruga en la frente, saltas la valla frente al tipo con las cicatrices y ahí mismo están cariño.* Tratar de borrar ese asalto a mi autoestima mascullando el famoso «morder y matar» de la monitora. Alimentarme con batidos proteínicos cuyos ingredientes son imposibles de pronunciar y mucho menos de descifrar. Convencerme de que adelgazar es un sacramento que requiere someterse al mismo proceso de la transubstanciación que ocurre durante la eucaristía. Decirme a mí misma que las barritas con sabor a cartón son en realidad unos *éclairs* decadentes, que la lechuga es mi pan, los ríos de agua que consumo mis martinis favoritos y, el aire, la promesa que con veinte kilos menos resucitaré de entre las gordas con un cuerpo de *femme fatale* que salvará el bolsillo de mi marido de los gastos de tener que pagarme una liposucción, un *tummy tuck* o, en su defecto, un *bypass* gástrico. Llegar a la conclusión de que quiero adelgazar para poder volver a comer. De todo, pero con moderación. Para vivir más años, si se puede, y verme mejor, también, si se puede.

From: Federico Sánchez Mondragón <Nadie@yahoo.es>
Date: March 4, 2009  9:21:41 AM CST
To: Piropo <piropo@piropo.us>
Subject: Puta buscona

¿Dónde está su rabo? ¿Sigue su rabo culeando y coleando pensando en mí? Me gustaría tener noticias de él.

Anaïs.


De: Piropo <piropo@piropo.us>
Fecha: March 5, 2009  3:22:58 PM CST
Para: Federico Sánchez Mondragón <Nadie@yahoo.es>
Asunto: Rabo encendido

Mi rabo, al igual que el sabroso platillo de res de la gastronomía cubana, y el de mi perversa imaginación, vive permanentemente encendido para su alteza. De hecho hoy, mientras le daba sorbitos a un *nimbu pani* y esperaba a que me sirvieran unas deliciosas *samosas* en un restaurante de Houston, la imaginé vestida de *femme fatale,* con corsé negro de mercenaria, medias de García Lorca, caladas, sostenidas por el liguero de mi perversión, asomándose por debajo de la minifalda de Mary Quant, las teorías de Alfred Kinsey y haciendo del segundo sexo de Simone de Beauvoir, el primero y único digno de conquistarse y follarse.

¡Ay, si se hubiese visto mi señora con los ojos de mis fantasías! Desde lo más alto de sus tacones de charol, su majestad aguijoneaba mi pene, se convertía en un insaciable pájaro chupamirto-succionador de semen, en una sabihonda meretriz que me iba proporcionando placer mientras que yo, recostado sobre *una chaise longue,* me iba reduciendo a confeti...

Henry.

Posdata: le confieso que tengo fetiches y manías en lo que respecta a las mujeres. Esquivo a las que no tienen cuello, calzan más del 38 y/o a las que practican el arte del bonsái con los vellos de su pubis hasta convertirlos en ridículos triangulitos (¿*samosas* quizás?).

From: Federico Sánchez Mondragón <Nadie@yahoo.es>
Date: March 6, 2009 7:03:39 AM CDT
To: Piropo <piropo@piropo.us>
Subject: Medias de García Lorca

Mi Señor:

Desconozco cómo son —y las que quizás hasta fueron— las medias de García Lorca, pero con mucho gusto me las pondré para usted. Mi entrepierna se humedece al pensarlo...

Anaïs.

From: Piropo <piropo@piropo.us>
Date: March 15, 2009  11:23:19 PM CDT
To: Federico Sánchez Mondragón <Nadie@yahoo.es>
Subject: Ritos

Apenas acabo de leer su carta, mi señora. Me encontraba en Austin a donde fui a explorar el *Texas Blues* de Stevie Ray Vaughan y a empaparme de la música gospel de la exuberante Willie Mae "Big Mama" Thornton, intérprete de *Hound Dog,* la canción que se hizo famosa gracias a la versión de Elvis Presley. No cabe duda que el jazz puede ser como en el sexo, pegajoso, batiente, gatuno.

Con respecto a las medias de Lorca... ponerse las medias o quitárselas es un rito femenino o masculino que siempre me ha cautivado por su teatralidad. Las medias son como un telón que sube o cae sobre el gran escenario del placer sexual. Sus encajes, redecillas y costuras a menudo están ahí para recordarnos las nuestras y acentuar un clímax que no entiende de ligueros sino de ligar. En eso y un pasaje del segundo acto de *Bodas de sangre* estaba pensando cuando escribí a mi señora. Recordé a la suegra que visita a la novia, en la obra, y le lleva unas medias caladas o «el sueño de las mujeres en medias». Sospecho que, como usted y yo, Lorca siempre llevó medias en su equipaje, de las que mengüan al contacto con el roce maestro y lo dejan todo al desnudo: piel, carne, coño, posturas e imposturas.

Imaginar a mi señora vestida con esas medias de Lorca me ha encendido el pene y la curiosidad, *madame.* Siga contándome al ritmo de su lengua todas sus travesuras eróticas —que yo la escucharé al ritmo de mi verga, es decir, masturbándome en su boca—, cómo se inició o la iniciaron en la guerra del placer, la del cuerpo contra el cuerpo y quién le enseñó a transformar la leche en polvo y el polvo de sus amantes en noches abiertas.

Henry 69.

## 17 de marzo, 2009

Festejar el día de San Patricio convirtiéndome en una vieja verde porque verde es el color con el que los americanos se ajuarean en este día y porque además de cuarentona, tengo una antigua tarjeta verde haciendo juego con mi perversidad —la *green card*— que atestigua el momento en que al fin fui considerada «residente» de este país y aspirante al sueño americano. Un sueño que hoy en día, para la mayoría de los gringos, se ha convertido más bien en una pesadilla dado que el dólar está completamente devaluado y que la deuda que tenemos con los chinos se está volviendo color de hormiga. Y no me refiero a la hormiga negra sino a la roja, o sea, a la que pica. Oír en la radio que estamos en medio de una crisis económica que no parece tener salida. Encender la televisión. Pasarme de CNN a un canal de televisión mexicano más pícaro. Porque hasta a las tragedias hay que buscarle un acento diferente, circunflejo, o por lo menos, uno divertido. Escuchar los comentarios de expertos en política internacional asegurar que los aires de cambio que Barack Obama ha querido introducir en su gobierno *se han convertido en puro pedo*. Reírme. Y de tanto hacerlo, escapárseme uno (otra señal de mi sorprendente envejecimiento). Volver a reírme, esta vez a carcajadas. Recobrar el aliento. Cambiar a otro canal donde unos *chefs* compiten por cocinar el mejor platillo. Sentir una ola de antojos aztecas aflorar en mi paladar: un taco al pastor. Una margarita. Un plato de mole. Un... Despatarrarme sobre el canapé. Agradecer que todavía no se me ha contagiado «la depre» nacional que por estos días anda azotando el ánimo de los estadounidenses como resultado del prolapso que ha sufrido el escroto del mayor mercado de valores del mundo en volumen monetario —también conocido como «la bolsa de Nueva York». Analizar la depresión. Anotar todo lo que me viene a la mente como el hecho de que «la depre» ha dejado de ser un fenómeno psicológico para convertirse en un axioma de vida que la mayoría o ha asimilado como una realidad ineludible, tratado como un *breakdown* cíclico, o ha diagnosticado como un *surmenage* existencial que todavía se encuentra bajo estudio. Examinar un hecho increíble que he venido observando en mucha gente con depre: cuando este mal ataca no sólo convierte a las personas en minusválidas, sino que además genera en sus víctimas unas ansias por querer hundirse más. Es decir, gesta en ellas un cierto masoquismo. Y así como el enamorado rechazado que en vez de buscar consuelo se deleita en escuchar *Corazón partío* de Alejandro Sanz para saborear aún más su pena y llorar a moco tendido, del mismo modo los deprimidos no se contentan con estar «depre», sino que en lo posible les gusta alimentar esa depresión con los amigos, los compañeros de trabajo o con el doctor, dando pie a que les pregunten cómo se sienten para poder entonces gozar la respuesta: una mueca de profunda tristeza o trágica indiferencia, un pequeño pujido de dolor, una mirada rendida que lo dice todo. Sin ir más lejos, hace dos días un conocido me contó que se había internado en una clínica para que lo sedaran durante tres días porque tenía una depre «tan fuerte» que prefería «dormir deprimido, pero supervisado», a meterse en la cama deprimido, solo en su casa, sin que nadie se diera cuenta (obviamente me lo estaba contando para ponerme al tanto de su depresión). Y es que la depresión clama admiradores, necesita de una audiencia que la celebre con palmaditas en los hombros, abrazos apretados y palabras de comprensión. De lo contrario se va engordando de amargura, hasta que explota en forma de suicidio o asesinato, como el que ocurrió la semana pasada en un pueblito de los Estados Unidos, donde una mujer cocinó a su recién nacido en un horno de microondas porque sufría de depresión *postpartum*. Concluir que la depresión no es un estado de ánimo sino que más bien es un puñetazo a nuestro estado de ánimo, una disputa por el poder de la nostalgia, la desazón y el pesimismo. Sobreponerse a ella es mucho más fácil de lo que se cree. Es cuestión de querer. Y querer, a su vez, es sacudirse la inercia en la que muchos se sumergen y elegir una actitud frente a la vida mucho más valiente, digna y saludable que la comodidad que pueda ofrecer la «depre» con su gabinete de quejas que no conducen a nada constructivo. Porque ser positivo también tiene su público y su recompensa. Pero sobre todo, quien es positivo, no pierde nunca frente a las vicisitudes de la vida.

De: Piropo <piropo@piropo.us>
Para: Federico Sánchez Mondragón <Nadie@yahoo.es>
Fecha: 3 de abril, 2009  08:45:07 PM CDT
Asunto: Las siete o nueve vidas del gato

*Madame* Anaïs,

Compré uña de gato para hacerme un té y como su alteza ya no me escribe, me supo a arañazo. Le ruego que me escriba para saber que sigue ronroneando y persiguiendo alguna de sus siete vidas por Bangkok (o nueve, como dicen en los Estados Unidos. ¿Será que aquí los gatos corren con mejor suerte?).

Henry.

From: Federico Sánchez Mondragón <Nadie@yahoo.es>
Date: April 3, 2009  9:12:44 PM CDT
To: Piropo <piropo@piropo.us>
Subject: Happy Ending

*Monsieur,*

Le ruego que me tenga paciencia. Ando en el norte de Tailandia recorriendo tierras inhóspitas donde conectarse al internet es prácticamente imposible.

Le cuento que ayer fui a un *spa* donde me dejé hacer toda clase de diabluras tailandesas... Aquello fue un masaje con *happy ending,* como dicen en los Estados Unidos.

Pedí un masaje corporal de aceite de almendras. Fui desnudándome en una cabina, pero dejé a propósito la puerta entreabierta. El muchacho que atendía en la recepción, al ver cómo iba desprendiéndome de mis medias negras de costura, el liguero de encaje del mismo color y las braguitas y sujetador haciendo juego, entró en la cabina, se mojó el dedo mayor de la mano mirándome lascivamente, me tumbó boca abajo sobre la camilla, y comenzó a acariciar mi chochito, a presionar los bordes de mi vulva, a deslizarse hasta llegar a mi culo y penetrar su ardiente interior. Yo gemía y me acariciaba el clítoris como cuando de niña empecé a masturbarme boca abajo, contra la sabana bajera. Él se reía. Llamó a otro chico, quien a los pocos instantes se colocó en la punta de la camilla, se abrió la bragueta y me metió su picha dura y reventona en la boca. Se la mamé con gusto. Mientras tanto, el muchacho de la recepción se empleó a fondo. No tardé en tener varios orgasmos mientras que en mi boca saboreaba la tibieza de la más exquisita leche que jamás he probado en Tailandia. Volví al hotel rota pero masajeada a fondo. *The End,* o mejor dicho *A Happy Ending.*

Le envío lametones con rasposa lengua de gatita en celo.

Anaïs.

## 18 de abril, 2009

Sentir una inquietud serpentear por todos los rincones de mi cuerpo. Una electricidad. Adrenalina pura. Palpar que me acecha lo inevitable. El momento de acompañar a Henry a ese viaje al que se va a lanzar para volver a encontrarse con Anaïs después de meses de un vaivén de cartas ultramarinas. Saber que estoy por atravesar la línea invisible que une y separa lo real de lo virtual, a Piropo de su *alter ego* y a Mondragón de Anaïs. Volver a soñar con Japón y Bali. Japón por ser la parada obligatoria de ese viaje a Indonesia que se perfila en las pupilas encendidas de Henry. Admitir que necesito recuperarme de la baqueta física que sufrí el año pasado, que me resulta vital poner mi cuerpo a prueba, llevarlo hasta los confines del mundo donde no haya un solo médico a la redonda para sólo así superar el miedo a vivir. A vivir con estos riñones y pulmones que me fallaron sin aviso. Sobrevivir a un viaje donde puedo contraer todo tipo de enfermedades, infecciones o accidentes o morir a 16 070 kilómetros tratando de descubrirme, descubrir a Federico Sánchez Mondragón y, si tengo suerte, el significado de lo que es ser un verdadero escritor. Prepararme para el viaje vacunándome contra todo —la fiebre porcina que acaba de erupcionar en México y tiene al mundo patas arriba, la hepatitis A, B, y C, la polio, la difteria, la tos ferina, las paperas, la varicela, la viruela— pedirle a mi médico de cabecera que me recete todo tipo de medicinas —inhaladores, cremas anticongestivas, antidiarréicos, antitúsicos, antibióticos— y hasta sugerir que me regale una inyección de epinefrina por si me diera un ataque de anafilaxia en pleno vuelo transatlántico. Pasar por alto el *take it easy* cliché del especialista al salir de la consulta y sus comentarios asegurándome que estoy exagerando, que nada me va a suceder en el extranjero, que llevo todo lo que necesito y bla, bla, bla, bla, bla. Esquivar la serie de odiosas palmaditas, supuestamente reconfortantes, que los doctores suelen propinar a sus pacientes sobre la espalda y que considero, como en algunos países orientales, un símbolo de menosprecio y mala educación. Leer la escueta pero acertada recomendación de Anaïs. Respirar hondo e ir apaciguando, uno a uno, los ánimos escaldados de mi sublevada hipocondría.

From: Federico Sánchez Mondragón <Nadie@yahoo.es>
Date: May 9, 2009 12:52:04 AM CDT
To: Piropo <piropo@piropo.us>
Subject: Orgánico y orgásmico

Mi adorado Henry,

Las vacunas son un protocolo innecesario. La del tétanos sería, en su caso, la única que me atrevería a sugerirle debido a los arañazos de gata que le propinaré en la cama. Todo lo demás en mí es de naturaleza orgánica y orgásmica, y por lo tanto, bueno para la salud y, sin duda, energía renovable. Hágaselo saber a su médico.

Anaïs.

# 11 de mayo, 2009

Moverme entre algodones. Disfrutar de esa ebriedad que produce en mí durante todo un día, una pastillita para dormir, tras haberla ingerido la noche anterior. Empacar todo lo que se me ocurre para mi viaje. Incluyendo los cinco frascos de pastillas de cafeína Nodoz, que el señor Mondragón me ha encargado más el quitaesmalte y los cuatro pares de medias lascivas con las que Henry quiere sorprender a Anaïs. Caer extenuada sobre la cama. Dejar a Henry leer la última carta de su amante y hacerse una merecida puñeta con la mano izquierda, pues para lo importante es zurdo y para peinarse diestro.

From: Federico Sánchez Mondragón <Nadie@yahoo.es>
Date: May 12, 2009  4:59:34 AM CDT
To: Piropo <piropo@piropo.us>
Subject: La procesión de almas

Henry, tengo una nueva travesura para contarle. Ocurrió en el más antiguo y hermoso templo budista de Luang Prabang, una ciudad que, como sabe, fue la primera capital de Laos y que fue declarada Patrimonio de la Humanidad por la UNESCO.

Aquí, en la madrugada, salen los bonzos de sus distintas pagodas caminando descalzos con paso sereno, mirada risueña y con un cuenco —semejante a un enorme cáliz pero de madera y con tapadera— colgado del hombro para pedir alimento. Van vestidos con túnicas azafranadas, un cinturón de tela amarilla y los cráneos rapados. Las mujeres, y a veces algunos hombres, se arrodillan al verlos pasar sobre una alfombra pequeña y van depositando un puñado de arroz en los cuencos de los monjes. A esta tradición se

la conoce como «La procesión de almas». Ser testigo de tanta so-
lemnidad y humildad le aseguro que es una experiencia inolvidable.
Es ver y sentir cómo la paz, la bondad, la armonía y la compasión
transcurren y confluyen en un silencio milenario. También visité el
templo. En uno de sus rincones, al pie de un árbol, cerca de un río
estaba un joven seminarista sentado en un pretil de piedra.

Me miró en inglés, y en ese mismo idioma me dijo *hello*. Le contesté
el saludo. Me acerqué. Hablamos. Me contó que ya pronto dejaría el
claustro. Quería estudiar medicina. Llevaba, como todos los monjes
del Asia Oriental, un hombro y el brazo entero al descubierto. Y esa
piel, así expuesta, bajo esa luz y en ese instante, era desnudez pura:
deseo irremediable. Nuestras rodillas se tocaban. Dejé que una de
mis manos tentara su pierna. No la retiró. Toqué suavemente la punta de sus dedos. Se dejó hacer. Conversábamos como si nada. Mi
otra mano entró bajo la túnica, mis yemas palparon su tobillo, la fui
elevando hasta la dureza musculosa de su muslo. Me preguntó si yo
estaba casada. Respondí que no. ¿Y eso?, inquirió. Me aburren los
maridos, dije. Sonrió. Me atraen los jóvenes, añadí. Como tú. ¿Te
atraigo? Se ruborizó. Bajó la mirada. Sopesé mi fortuna: ¿quieres
ser mi novio? ¿O preferirías ser mi esposo? Giré mi mano hacia la
entrepierna. Estaba tersa. Firme. Dura. Larga. Y no... no me refiero
a la entrepierna. ¿Nos vamos de aquí?, pregunté. Me condujo escaleras abajo, a un espacio entre dos paredes metido hasta el fondo
de la base del templo e imperceptible desde el exterior. En ese re-
coveco sombrío cupo fácilmente lo que hicimos. Le saqué la túnica.
Su cuerpo desnudo, generoso, rígido, surgió ante mí. Su erección
me apuntaba. Posé las rodillas sobre la tierra fría, le masajeé la polla
y me la introduje en la boca, relamiéndola y degustándola hasta el
fondo. ¿Es tu primera vez?, le pregunté. Sí, me dijo con la mirada
extraviada. Seguí mamándosela hasta que se corrió entre mis labios.
Echó tantos chorros espesos y dulces, que casi me ahogo. Se la
dejé limpia, besé sus testículos duros, me puse de pie y dije: ¿Nos
veremos mañana? Sí, por favor, contestó él. ¿Aquí, a la misma hora
de hoy? Asintió acomodándose la túnica. Me despedí besando la
carnosidad de sus labios. Sabía a sol, a nuevo, a joven, a deseo, a
fuerza, a ingenuidad. En el hotel, me masturbé. Tan intenso fue mi
clímax, que se me aguaron los ojos.

Anaïs.

# Tercera parte

14 de mayo, 2009

*10:30 a.m.*

Llegar al Aeropuerto Intercontinental George Bush de la ciudad de Houston con un botiquín de tres kilos colgado al hombro, una carta autorizándome a viajar al extranjero con todo un cargamento de drogas y mi pasaporte americano agazapado en la primera página de *Alea jacta est: Mondragón, a cara o cruz,* la novela que Mondragón me ha enviado por correo hace pocos meses y cuya dedicatoria parecía presagiar este momento de mi vida: *Para Piropo, al borde del abismo y de otras cosas. Incipita vita nova.* Despedirme de mi marido en un mar de lágrimas. Confesarle que mi llanto no se debe a nuestra inminente pero breve separación, sino al miedo de que me vaya a enfermar al otro lado del mundo *por gilipollas, por ir en busca de quién sabe qué, pero tengo que hacerlo mi amor, porque sino no voy a poder ser feliz porque de por sí ya no lo soy, bueno sí lo soy, pero no lo soy, bueno tú me entiendes, ¿verdad cariño?* Recibir de su boca azteca un beso generoso y cuatro palabras de impulso: *ándele, a volar mi chaparris.*

## 15 de mayo, 2009

*12:00 p.m.*

Llegar a Tokio por la tarde aunque el peso de mis pestañas me asegure que son las cuatro de la madrugada en Houston. No poder salir del avión hasta que seis hombres que parecen astronautas, todos vestidos de blanco, con mascarillas blancas y gafas amarillas como de esquiar, aborden la nave, tomen la temperatura a todos los pasajeros y se cercioren de que ninguno tenga síntomas de fiebre porcina. *Porca miseria*, reclamo en mi interior pensando en lo absurdo de la situación dado que con sólo tomarse dos aspirinas —como lo hice yo una hora antes de aterrizar por si acaso una repentina subida de temperatura causada por un súbito bochorno premenopáusico me condenara a estar en cuarentena y me arruinara el viaje— cualquiera puede engañar al sofisticado aparatito de los nipones. Sacar el ordenador y escribir en mi cuaderno de viaje que esto me recuerda a la novela de Blasco Ibáñez que no he leído —*La vuelta al mundo de un novelista*— y que el señor Mondragón me recomendó hace unos días cuando le conté que yo andaba regalando algunas mascarillas a quien se acercara a mí con mal aliento, y que estaba segura de que muy pronto veríamos algunas de color desfilar como accesorio de la *haute couture* por las famosas pasarelas del mundo. Desembarcar dos horas y media después con el culo cuadrado y los pies exigiendo calzar dos tallas más grande. Salir de la terminal en estado terminal. Agotada. Buscar dónde salen los autobuses con dirección a Tokio y encontrarme con la llegada de una ola de bondades. Unos guantes níveos y serviciales que me suben las maletas a un autobús de primera.

Una sonrisa de nata que no acepta propinas porque en Japón contribuir a la satisfacción del cliente es un honor y una obligación por la quien nadie se atrevería a cobrar. Y para muestra otro botón: el botones japonés que me trae el equipaje a la habitación sin esperar ni un duro.

## 16 de mayo, 2009

Desayunar en el hotel para no perder el avión que me llevará a Denpasar en pocas horas. Buscar en el bufé nipón los *pancakes* que el maître me recomendó y que se encuentran a la derecha de una suculenta variedad de sushi haciendo esquina con un bol a rebosar de edamame. Descubrir que en Japón los *pancakes* son del tamaño de una ostia y los terrones de azúcar del de una gragea M&M. Soñar con vivir en el país del sol naciente y la certidumbre de que en el cuadrilátero de los años y comiendo como los orientales, pasaría de ser peso pesado a ser peso mosca y, con un poco de suerte, y dosificando la salsa de soja, hasta alcanzaría el peso pluma. Encontrame a las pocas horas nuevamente en el aeropuerto de Japón. Sucumbir al capricho de Henry y comprar en un *Duty Free* una botellita de perfume Chanel N° 5 para su Anaïs y la botella de vino tinto que el señor Mondragón me encargó. Escuchar por los parlantes que ya están abordando los pasajeros de mi vuelo. Buscar con desesperación por toda la tienda y no encontrar más que un cabernet japonés. Apostar a que está bueno. Comprarlo. Pagarlo. Y *arigato*.

Aterrizar en el paraíso bien entrada la noche. Y de inmediato deshacerme de toda y cualquier responsabilidad de lo que haga o me suceda en Bali (siempre y cuando no perjudique a nadie, claro). En el peor de los casos, repartir culpas entre el señor Mondragón, Anaïs y Henry, y atribuir cualquier dislate a las diferencias culturales, el calor o el *jet lag*. Decidir que a partir de este momento yo y la suma de todas mis posibilidades, *alter egos,* fantasías, curiosidades y antojos, somos completamente libres, imparables y quizás hasta irreparables. Llegar a la aduana. Respirar hondo y, a pesar de mi avanzada claustrofobia, introducir mis manos en unos misteriosos guantes de hule. Dejar que lo que parece un detector de metales rocíe mi cuerpo con una deliciosa lluvia química que, según lo poco que entiendo al policía balinés, me desinfectará —completely, *miss*— contra el virus de la fiebre porcina. Salir del aeropuerto bautizada y renovada. Agradecer la amable bienvenida de Gede, el guía que me informa que me llevará al hotel Poppies donde me hospedaré en Kuta por sugerencia del señor Mondragón. Circular entre calles efervescentes. Contaminadas por el humo de coches que no respetan las señales de tránsito y el ruido de motos que circulan por las aceras y compiten con los peatones. Moverme por entre avenidas-embudos, infectadas con tienditas que venden los mismos *souvenirs* a turistas chancleteros que siempre compran lo mismo y que comen lo mismo en cualquier país del mundo para sentirse igual, pero en el extranjero. Pasar por un Starbucks, un McDonald's, un KFC y todos los horrores de los que vengo escapándome y que, para mi gran sorpresa, ya han alterado con sus «menú rebaño» la dieta y el horizonte de esta isla. Preguntarme si habré viajado tantos kilómetros para descubrir que vivo en un infierno sin salida, en un mundo tan redondo que empieza con comida chatarra en inglés y termina con comida chatarra en bahasa. Llegar al hotel. Llamar al señor Mondragón. Quedar en que iré a visitarlo al suyo ya que él no consiguió habitación disponible en el Poppies. Acordar encontrarnos en su habitación dado que el *lobby* es al aire libre y que seríamos carne de cañón para los desvelados mosquitos. Penetrar la santidad del baño de mi habitación que bien podría ser un templo hindú. Con una fuente en el centro y una estatua representando a uno de los dioses de la Trinidad celestial. ¿Brahma, Shiva o Vishnu? Tomar una nota mental para preguntárselo a Gede, ese hombre de ojos bailarines, a quien he decidido contratar para que me lleve a todos los lugares que quiero visitar en solitario. Salir a la calle y estrenar la ciudad en mis pupilas. Sentir la humedad del aire penetrar mi piel, estirar todas mis arrugas pasadas, presentes y futuras, y acurrucar discretamente unas gotitas de sudor en el boulevard que divide mis pechos. Caminar y enseguida sentir miradas de curiosidad balinesa descalzarse a la orilla de cada uno de mis pasos. Sonreír. Detectar en el aire toda clase de olores: a coco, cacahuate, ajo, jenginbre, azafrán, albaca, nuez moscada, salsa tamarindo, limoncillo. Recordar todas esas ricuras que me he propuesto descubrir: el *Nasi Goreng,* el *Bakso,* el *Ayan Pelalah,* el *Sate,* y el famoso *Bali Guling* de Ubud.

Llamar a la puerta de la habitación número once. Escuchar en el interior unos pasos acercarse hacia mí. Sentir que se me seca la boca. Sentir la sangre escurrirse de mi cabeza y esconderse debajo de mi uñero. Sentir un ligero mareo. Sentir que cierro ligeramente los párpados. Sentir que vuelvo a abrirlos. Dejar de sentir. Contemplar. Una aparición. Anaïs vestida para matar dándome la bienvenida a Bali con un vaso de whisky en la mano. Anaïs la puta. Anaïs la *madame.* Anaïs qué guapa te ves. Anaïs te he echado de menos. Anaïs no me dejes. Anaïs te quiero. Anaïs, Anaïs. Anaïs. Volver a cerrar ligeramente los párpados. Escuchar los hielos del vaso de whisky chocar violentamente los unos contra los otros ordenando que regrese la sangre a irrigar cada rincón de mi cerebro y que la tierra vuelva a su lugar. Abrir los ojos y ver la cordial sonrisa del señor Mondragón recibirme en la puerta.

—Al fin llegas, Piropo.

—Al fin, señor Mondragón.

—Pasa. Y comámonos el mundo.

17 de mayo, 2009

Y entró en la habitación de Federico Sánchez Mondragón. Y
él le sirvió un whisky. Y le pidió que le recordara cómo había
hecho Piropo para colarse en su vida. Y ella le contó del primer correo electrónico que le envió tres años atrás en el que
le pedía al escritor que leyera su novela y, de ser posible, que le
escribiera un breve comentario para colocarlo en la contraportada. Y Mondragón sonrió. Y admitió que en esa oportunidad
le había llamado la atención su nombre: «Piropo». Y le rogó con
curiosidad golosa que Piropo siguiera contándole más. Y ella
relató cómo Mondragón le había explicado en su carta *que voy a
ser sincero; lo que usted me pide, me lo piden a diario un infinito número
de personas. Si atendiera cada propuesta, súplica o encargo le aseguro que
en ello se me iría el tiempo y la vida no me bastaría.* Y Mondragón le
dio un sorbito a su Chivas y recalcó a Piropo que ese comentario había sido muy honesto porque hacía mucho tiempo que
había tomado la firme decisión de no leer originales y que sólo
leía literatura impresa. Y ella le confesó que aunque la carta de
Mondragón le había parecido un tanto seca, le había hecho reír
que él le pidiera que si se publicaba ese libro, se lo mandara por
correo ordinario porque era un troglodita e ignoraba lo que es
un PDF, un envío vía Fedex. Y ella admitió que, por su parte, no
entendía nada acerca de las computadoras porque quizás eran
como las mujeres, es decir, que con ellas uno nunca sabía qué
tecla pulsar por miedo a que se pudieran volver locas y que de
ocurrir fuesen a desaparecer el fruto del trabajo de su pareja, la
novela que está escribiendo, las cuentas del banco, etcétera. Y se
echaron a reír. Y siguieron saboreando el contenido de cada uno

de los correos electrónicos que se habían enviado y los detalles de los pocos encuentros que habían tenido hasta ese entonces. Y cuando a ella se le quedaba algo en el tintero, Mondragón se encargaba de completar ese recuerdo. Y cuando él quiso adueñarse de una de las frases que Piropo había escrito, jugaron a pelearse por ser el autor de esa frase. Y en el afán de Piropo por ganar a Mondragón, le prometió imprimir toda la correspondencia para comprobarle que ella tenía la razón.y él le pidió que lo hiciera y le dijo que *además Piropo, de ahora en adelante, y durante toda tu estadía en Bali, te llamaré «secretario».* Y ella le contestó que sería un honor. Y siguieron jugando. Y siguieron bebiendo. Y Piropo le dijo que si estaba dispuesta a cambiar de identidad, Mondragón también tendría que hacerlo para que estuvieran en igualdad de condiciones. Y sus vasos de whisky celebraron esa simpática idea. Y concurrieron en que mientras estuvieran en Kuta, Piropo llamaría Sonia a Mondragón porque dado la fama de coqueto y mujeriego en España del escritor, asumir el nombre de una mujer era lo más inesperado y transgresor y, por lo tanto, lo más divertido. Y volvieron a reír. Y de pronto dejaron de reírse. Y sus miradas se abrazaron fraternalmente. Y ella comentó que se alegraba de que Mondragón se pareciera a ella. Y Mondragón le aseguró *que como tú y yo Piropo, hay muy pocos, pero cuando nos encontramos, siempre nos reconocemos.*

De: Piropo <piropo@piropo.us>
Para: 18 de mayo, 2009  11:30:12 PM CST
Para: Federico Sánchez Mondragón <Nadie@yahoo.es>
Asunto: Recién llegado

Le escribo señora con el sueño amordazado y las uñas de su silencio arañándome la conciencia y la inconciencia en la que vivo desde que la conocí. He llegado a Bali borracho de deseo, rascando de ansiedad la barriga de un avión que me parió como la Virgen al niño Jesús, es decir, a la medianoche y bajo un cielo cacarizo, arrebozado por un batallón de estrellas cotillas.

Y qué sorpresa la mía *madame,* cuando al encontrarme con usted, constato que la Anaïs de mis mil y unas noches de orgasmos tectónicos, eyaculaciones solventes y desvelos bélicos, se ha convertido en Sonia, en Marilyn —y en cuanta doncella mi imaginación se ha permitido esculpirla desde el comienzo de nuestra pornocorrespondencia— mientras que usted ha ido marinando a este Henry, a este Piropo, a este su amante bandido, en las fauces de su perversión redentora, hasta transformarlo en su siervo y, para siempre, en su secretario.

De antemano le doy las gracias a su alteza por conferirme el honor de atender las necesidades de su ano sin eñe, los caprichos de su yoni, las paradojas de su lingam y de toda esa tómbola de necesidades que pastan a lo largo y ancho de su cuerpo de diosa.

Henry.

# 18 de mayo, 2009

*8:00 a.m.*

Despertar pero seguir a bordo de un sueño. Sin poder créerme-
lo. Que estoy en Bali sola. Y que hasta ahora no me ha ocurrido
nada. Ni un calambre de piernas por estar tantas horas sentada
en el avión. Ni un retortijón de estómago debido a los súbitos
cambios de comida a los que se han visto sometidos mis delicados
intestinos. Ni he perdido el sueño por el cambio de hora. Ni me
han picado los mosquitos. Nada de nada. Bali me sienta bien y de
momento, al parecer, yo también le siento bien a Bali.

Levantarme y ducharme prácticamente al aire libre disfrutando
del cantar de los pájaros y las chicharras porque la mitad del baño
carece de techo. Agradecer la gruesa malla que separa todos los
otros bichos raros de la naturaleza de la desnudez de mi cuerpo, un
cuerpo que bien podría antojárseles como bocadillo. Apretar los labios por aquello que me advirtió el médico de que el agua por estas
partes del mundo no suele ser potable y que tragar una simple go-
tita podría causarme una volcánica diarrea del tamaño del Vesubio.
Lavarme los dientes con mi cepillo previamente desinfectado al
interior de una cajita portátil equipada con rayos ultravioletas que,
según la publicidad, matan hasta un 99 por ciento de los gérmenes
de la boca. Hacer gárgaras con agua de la botellita cortesía del Poppies. Aplicarme la crema antiojeras, antipata de gallo y antiacné.
Abandonar el maquillaje. Embadurnarme con repelente. Colocar
en mi bolso la cámara de fotos, una gorra y un mini botiquín de
primeros auxilios por si algo me ocurre en plena visita del templo
de Pura Luhur Uluwatu a donde Gede me va a llevar hoy.

## Camino a Uluwatu
*9:00 a.m.*

Viajar con el guía en silencio absoluto. Porque se lo he pedido y él lo ha entendido. Porque antes de salir, le he explicado a Gede que mi viaje a Bali es más un viaje interno que externo, que si bien quiero conocer lo que más pueda de la isla, quiero poder apreciar su belleza de adentro hacia afuera y no de afuera hacia adentro. Y así, dejarme llevar. Rodar sin saber por dónde voy. Disfrutar haciendo camino. Escuchando el suave rítmico sonido de mi respiración y el constante chillido del aire acondicionado que Gede tiene encendido a todo pulmón. Bambolearme al compás de las ruedas tropezando con los baches de la carretera. Ver a mujeres colocar unas ofrendas de hojas de plátano, arroz, flores, frutas, agua e incienso y ponerlas delante de sus tienditas, a otras barriendo la entrada de sus casas, o caminando con canastas sobre la cabeza a la orilla del camino. Preguntarme, ¿qué soñarán esas mujeres? ¿A qué olerán sus cuerpos por la noche? ¿Qué secretos esconderán? Pasar por pueblitos tan parecidos y pegados los unos a los otros que me resulta difícil saber si estoy desplazándome, o si sigo dando vueltas en el mismo lugar. Decirme que si he perdido mi absoluto sentido de la orientación es porque vengo de un país donde todo está estrictamente delineado, demarcado o dividido por un cristal, una pared, un símbolo, un color, una línea blanca, roja, amarilla, invisible o de pensamiento.

Llegar a Pecatu poco antes del mediodía, con premeditación y alevosía, es decir, precisamente a la hora de más calor y cuando a ningún turista se le ocurriría visitar uno de los seis grandes santuarios de Bali. Escuchar la afable voz de Gede susurrarme en un inglés despatarrado que tanto él como yo debemos alquilar un *sarong* para cubrirnos las piernas antes de entrar al templo. Seguir al guía por un sendero de tierra y desembocar en el paraíso. Contemplar, desde las alturas de la península de Bukit, la magestuosidad del océano Índico. Respirar libertad. Respirar éxtasis. Respirar humildad. Respirar y grabarme en la memoria este momento de profunda quietud interna. Y continuar. Subir por unas escalinatas donde se atraviesan y detienen frente a mí monos salvajes con sus crías a cuestas. ¿Acaso guardianes del templo? Intercambiar miradas milenarias, miradas de animal a animal. Llegar al santuario justo en el momento en el que un cortejo de niños y niñas hindúes vienen a dejar sus ofrendas. Saludarlos. Observar la blancura de sus trajes hacer juego con el color perla de sus dientes. Y a partir de ese pensamiento quedarme enganchada en una imagen del pasado. En el recuerdo de la blancura del cuello de la camisa de mi padre el día que lo vi recostado en su ataúd.

Escuchar risas y cuchicheos distantes que no entiendo y a Gede traducirme que *señora Piropo, las niñas dicen que es usted una mujer con una piel y una cara muy bella.* Despertar de mi trance. Volver a ese instante. Asombrarme al ver a uno de los niños coger una fruta del cuenco lleno de pasteles, huevos y flores multicolores destinados a los dioses y ofrecérmelo. *Es un mangostán, la reina de las frutas tropicales,* me asegura Gede con orgullo. Aceptar tan delicado regalo y al hacerlo sentir que comienzan a obrar en mí los poderes de Rudra que esfuman el *entourage* de inseguridades e hipocondrías que me acompañan o lo que los balineses llaman «malos espíritus».


## Kuta
*7:00 p.m.*

Llegó de Uluwatu al caer la noche y enseguida pasó a recoger a Mondragón al hotel. Habían acordado la víspera que durante el día Piropo se dedicaría a recorrer la isla de cabo a rabo mientras él escribía un nuevo libro, esta vez sobre sus memorias.

—¿Pero qué clase de secretario eres tú que llegas tarde a las citas? —Le reclamó el escritor con voz de diva herida.

—Discúlpame Sonia, pero ya sabes que nunca llevo reloj —le

contestó siguiéndole el juego—. Además, sólo han sido cinco minutos de retraso. Nada que una buena langosta no pueda hacerte olvidar.

—Bueno, bueno, secretario, vámonos, pero eso sí: que esto no se vuelva a repetir.

Caminaron en silencio por Legion Street sorteando un arco iris de turistas, vendedores ambulantes, perros callejeros, coches destartalados e intermitentes hordas de ruidosas motonetas. Al pasar frente a una tienda de calzado, Piropo vio reflejarse en el cristal del escaparate —y quizás de su propia fantasía— la encarnación de sus nuevas identidades. Federico Sánchez Mondragón, enganchado de la cintura de Piropo, ajuareado de doncella, con un vestidito miniatura negro atado al cuello que dejaba al desnudo su espalda de amazona. Piropo, vestida como todo un dandi con pantalón Prada blanco, camisa y mocasines del mismo color, y su brazo sobre el hombro de Mondragón.

—¿Sabes, Piropo, que la gente al vernos caminar así, va a pensar que eres una lesbiana?

—Señor Mondragón, perdón, quise decir, Sonia, lo que piense la gente en Bali de mí —gente que por cierto ni me conoce— me es absolutamente indiferente. Vine aquí para ser quien se me antoje ser en el momento que sea. Así es que más bien, dígame usted, señor Mondragón, dado que está siendo abrazado por un macho, ¿no le importa que crean que se ha vuelto usted maricón?

—No. Porque sencillamente no lo soy. Yo soy mujer. Y esta noche, tú, mi querido secretario, eres mi hombre.

Compartieron una suntuosa langosta anticipando la hora de un posible postre erótico y concordando que cenar demasiado suele convertir a los orgasmos en aplausos magros. Como ya era natural entre los dos, hablaron mucho, pero sin decir ni pío, intercambiando ocasionalmente, aquí o allá, asomos de ideas, curiosidades o fantasías.

—¿Y qué opina tu marido de que hayas venido hasta aquí para verme?

—No ha opinado. Ha presentido. Que nuestra amistad es como una barranca donde anidan infinitas posibilidades que él no puede controlar, incluyendo la posibilidad que este Piropo se haya ido corriendo a Bali a correrse. ¿Y a Nalika? ¿Cómo le ha sentado mi visita?

—Está de viaje. Y no le he comentado acerca de tu llegada.

—¿Por qué no?

—No he querido inquietarla.

Piropo enjuagó su último bocado con un sorbito de Heineken mientras observaba cómo Mondragón seguía comiendo con una serenidad monástica que, de vez en cuando, dejaba entrever una escurridiza sonrisa de niño travieso.

—No sé cómo puedes beber esa cerveza, Piropo. Combinar sushi con esa porquería alemana me parece abominable, criminal. Como verás, a mi sólo me gusta la Kirin y de cuando en cuando.

Piropo no contestó. Porque no era necesario. En sus habituales silencios estaba implícita la certeza de que no siempre una aguda opinión ameritaba un debate y que disentir sin palabras podía resultar tan minucioso, ruidoso y persuasivo como hacerlo a viva voz.

—Me intriga mucho ese bolsito de croché con forma de falo que lleva colgando del cuello, señor Mondragón.

—Sonia. Recuerda que esta noche me llamo Sonia.

—Claro, claro… Sonia.

—Son mis accesorios de puta —le contestó con voz untada en lujuria. Ya sabes: preservativos, un gel, toallitas húmedas, algo de dinero…

—¿Y a dónde piensas ir tan equipada Sonia?

—A Kuta Beach.

—Pero si ya es muy tarde, en la playa no se ve nada. ¿Y si te asaltan o te violan, Sonia?

—Seré como la Cenicienta. Regresaré antes de la medianoche. Además secretario, eso es precisamente lo que busco. Que me violen. Veremos si corro con esa suerte. Del dinero, no te preocupes, apenas llevo el equivalente a diez dólares.

—O sea que esta cena va por cuenta mía.

—¿Y qué esperabas, secretario? Las putas nunca pagamos, sólo cobramos.

*9:30 p.m.*

Caminar en dirección al Poppies. Inhalar el aire salitre de la noche que se cuela por los poros de mi piel y se suma a la carga letal de sodio de la salsa de soja en la que hace unos minutos sumergí cada una de las piezas de sushi que compartí con el señor Mondragón. Rendirme ante lo inevitable, es decir, ante la realidad de que a cada segundo, una parte de mi cuerpo va inflándose y reventando como una palomita de maíz hasta cobrar una forma grotesca. Sentir mi pulso latir por las venas y desembocar en mis empeines. Percatarme de que mis manos se han convertido en pies y que mis facciones convergen en la punta de mi nariz picasiana para luego desaparecer en un caudal de vasos capilares dilatados por el alcohol.

Llegar a la puerta de mi habitación rodando, convertida en uno de esos ridículos muñecos Michelin que se anuncian en las autopistas europeas. Reconstruir sobre mi cama el monte Everest, la Torre de Babel, o el Empire State a base de almohadas y acostarme colocando las piernas en sus cúspides con la esperanza de deshincharme. Encender el ordenador. Leer que se ha muerto Benedetti. Recordar los primeros versos de su poema Hasta mañana: «Voy a cerrar los ojos en voz baja/ voy a meterme a tientas en el sueño./ En este instante el odio no trabaja/ para la muerte que es su pobre dueño…»

Acurrucarme en los brazos de Morfeo. Soñar que desemboco en un terreno desértico con la boca seca. En el horizonte, ver pasar a varios beduinos montados sobre sus camellos. Constatar que Sonia forma parte de ellos, que al acercarse a mí y a pesar de mi crítico estado de deshidratación, Sonia me ignora. Lamer la lágrima de oro que se escurre del ojo del camello de Sonia —de ese ojo que, como periscopio, me revisa de izquierda a derecha y de derecha a izquierda y luego se cierra mientras Sonia va cerrándome las puertas de su corazón— y en la punta de mi lengua descubrir que tengo un pelo púbico. Tirar y tirar de él con frenesí. Percatarme de que mide varios metros de largo, que parece no acabar. Y por fin dar con la otra punta del pelo. Despegarla de una radiografía descolorida titulada: *Un alma en construcción*.

From: Federico Sánchez Mondragón <Nadie@yahoo.es>
Date: May 19, 2009  7:30:36 AM CDT
To: Piropo <piropo@piropo.us>
Subject: Mantis Religiosa

Le ruego disculpe mi silencio. Escribirle con el culo alborotado y destrozado por tantas *escapades* balinesas me resulta a veces difícil, aunque no por ello menos delicioso. Le confieso que la llegada de *monsieur* a la isla y a mi lecho ha desencadenado en mi vientre una danza sísmica de ecos post-orgásmicos cuyo placer he logrado multiplicar y alargar en Kuta Beach levantando la faldita rosa que tanto le gustó a mi señor, colocando el culito en pompa y déjándome montar por varios desconocidos en la oscuridad. Y es que como sabe así es su Anaïs, inquieta, glotona, traidora. Y así es también Sonia, la versión más decadente de Anaïs o de mi putez, que al fin y al cabo son lo mismo, los nombres sólo han ido cambiando con el amante de turno. Podría incluso llamarme la Mantis Religiosa por ese vicio que tengo de devorarle la polla a todos los machos que me follan...

Concuerdo con mi señor que es en Indonesia en donde nuevamente se han conjugado todas las personas, personajes y personalidades que nos caracterizan respectivamente; la suma de todas esas partes que se reducen a una, o en mi caso a ninguna porque como Ulises le dijo al cíclope: mi nombre es Nadie. Sin duda, usted y yo nos hemos ido desnudando entre líneas y al ritmo de los amores náufragos de Neruda: «Para que nada nos amarre/que no nos ate nada... ». Una relación singular que se ha mantenido virtual dentro y fuera del espacio cibernético, es decir, que no ha perturbado ni ha alterado nuestras vidas y tan sólo las ha sazonado con toda clase de ingredientes sabrosos para hacerla más picosita al paladar.

Invito a mi insaciable Henry, a mi revolucionario Piropo, a mi fiel secretario, a ese tipo —que es usted—, que es todo mi tipo, a abandonar nuestras cartas, a abandonar esta isla infernal y a abandonarse conmigo en Gili Trawangan donde podremos perdernos a gusto.

Anaïs.

# 19 de mayo, 2010

Despertó sobresaltada por el timbre del teléfono, con la lengua convertida en lija y el aliento en puñetazo. Al otro lado del auricular la voz leonesca de Federico Sánchez Mondragón invitaba a Piropo a perderse con él en otra parte del océano Índico.

—Kuta se ha convertido en un parque temático para turistas, Piropo. Tengo la esperanza de que en las islas Gili quede algo de ese paraíso perdido que solía ser Bali.

—Sus deseos son órdenes, señor Mondragón. Iremos a donde usted quiera. Por lo pronto, hoy he planeado conocer Ubud con Gede.

—Ubud es otro infierno, Piropo. Pero ya que vas, no dejes de visitar el museo de Antonio Blanco.

—Ya lo tenía apuntado en mi itinerario. Era un pintor catalán, ¿no es cierto?

—Nació en Manila. Yo llegué a conocerlo y a su mujer también. Ella era una ex bailarina balinesa. Muy guapa, por cierto.

—Gede también me va a llevar a visitar el Bosque Sagrado de los monos.

—¿Para qué? Allí sólo vas a oler y pisar excrementos de macacos.

—He leído en el internet que en ese santuario «se unen el culto, el animismo, el hinduismo balinés y el budismo».

—Pamplinas. Es una trampa más para turistas con cámara de foto. Por cierto, ni se te ocurra llevar la tuya, Piropo, porque corres el riesgo de que los monos te la arranquen.

—Vale. Cuando regrese lo llamo y le cuento cómo me fue.

—Cenaré entonces sin ti. Calculo que vas a llegar tarde, así es que ya nos veremos mañana. Pero bueno, a lo que íbamos. Te encargo que hagas los arreglos para que nos vayamos a una de las islas Gili. Creo que Gili Trawangan es la menos poblada. Investígalo tú. No soporto estar aquí más tiempo y yo soy un desastre para encargarme de esos asuntos. Iñaqui y Nalika me tienen muy mal acostumbrado. Ellos siempre son los que organizan los pormenores de mis viajes.

—No se apure, señor Mondragón. Yo me ocupo de todo, pero con una sola condición.

—Dispara.

—Que una vez en Gili Trawangan, usted y yo rasguemos el velo de Isis y liberemos a su Anaïs y a mi Henry del mundo electrónico en el que los tenemos confinados.

—Pero si ya lo hemos hecho. Después de todo, Anaïs, Henry, tú, el secretario, Sonia y yo... son lo mismo. ¿Por qué quieres complicar las cosas, Piropo?

—Todo lo contrario, señor Mondragón, las quiero «simplicar». Usted y yo operamos en una realidad con cuerpo de Matrioska, en el interior de la cual existe otra aún más colorida donde se mueven Sonia y su devoto secretario y en la que Sonia siempre ha sido libre o, mejor dicho, libertina. Anaïs, en cambio, sigue atrapada entre las líneas de nuestra correspondencia y entre las fantasías de Henry, quien ya no puede discernir dónde comienza lo uno y acaba lo otro. Por eso propongo que usted y yo, señor Mondragón, desaparezcamos en Gili Trawangan y que dejemos que Henry y Anaïs protagonicen el resto de este viaje.

—Un viaje que ellos convertirán en una aventura erótica y en la tercera unidad de la *matrioska*.

—Así es. ¿Qué le parece la idea, señor Mondragón?

—Me gusta. Hasta donde sé, las islas Gilis son lo suficientemente robinsonianas para hacer muchas cosas que los seres juiciosos no se atreverían a hacer en ninguna parte. O sea que es el lugar perfecto para que Henry y Anaïs cobren vida, en todos los sentidos y apetitos de la palabra.

—¿Entonces, qué? ¿Desaparecemos, señor Mondragón?

—De acuerdo. Desaparezcamos.

## Rumbo a Ubud
*7:30 a.m.*

Emprender nuevamente camino con Gede en direción a Ubud. Bajo la mirada abierta de un cielo azul que en menos de una hora se ha visto invadido por unas cataratas de nubes lloronas. Nubes que impiden el paso de los rayos del sol mañanero. Nubes que muerden las orejas de las montañas para contarles secretos. Adentrarme en un *spa* visual. En un paisaje de colinas verde menta convertidas en rebanadas de serenidad y en suaves olas de frescura por unas espléndidas terrazas de arroz, níveo sustento de la vida cotidiana de los balineses. Contemplar cómo las palmeras abanican extensas llanuras donde transcurre, en un silencio dócil y amoroso, la existencia de campesinos surcando sus cultivos con los pies en el agua. La de los niños recogiendo flores destinadas a las ofrendas de rigor. Y la de los animales colocados por sus dueños en enormes cestas de mimbre a la orilla de la carretera para que las mascotas se distraigan con el ruido de los vehículos y de los transeúntes al pasar. Unirme a ese silencio verde y armonioso, y sin querer, musitar el *Romance sonámbulo* de Federico García Lorca: «Verde que te quiero verde/ Verde viento/ Verdes ramas. El barco sobre la mar/ y el caballo en la montaña…». Detenernos en el santuario de Gunung Kawi. Bajar unas interminables escaleras de piedras flanqueadas por tienditas artesanales. Disimular frente a Gede lo fuera de forma que me siento. Pensar que subir toda esa monstruosidad de peldaños al regreso equivaldrá a una despiadada sesión en el *stair master* del gimnasio del que soy socia y al que no he ido desde hace un año. Pensar que los gimnasios se han convertido en un Disneylandia para solteros. Que caminar sobre la continua banda de hule negro del *treadmill* es para hamsters. Pensar que detesto el *jogging* y cualquier deporte que haga retumbar mis órganos internos sobre el pavimento por más de diez minutos. Pensar que si no fuera por el yoga que practico todas las mañanas en Houston, ya se me habrían obstruido las arterias y los chakras. Pensar que el mejor deporte es follar. Porque el sexo no requiere equipo ni uniforme, y practicarlo con frequencia no sólo fortalece y tonifica casi todos los músculos del cuerpo, sino que además reduce el estrés y le devuelve al pelo, a la piel y a la mirada, brillo y suavidad.

Desembocar frente a unas enormes capillas del siglo XI excavadas en la roca en forma de nicho y dedicadas al rey Udayana, la reina Mahendradatta y sus hijos. Sentir unas gotitas de agua caer sobre mis labios, la lluvia crecer en el aire, la ropa adherirse a mi cuerpo y hacerse más pesada a medida que el agua va oscureciendo el color de cada una de mis prendas. Buscar los ojos de Gede. Encontrarlos prendidos a mis pezones que se han transformado en dos llamativas farolas. Soltar una carcajada. Alimentarla con otra más infantil. La que se le escapa a Gede al sentirse descubierto. Reírnos y reírnos sin parar. Y con cada carcajada ir soltándolo todo. Soltar a la Piropo-madre, y reírme. A la Piropo-esposa, y reírme. A la Piropo-mujer de carrera, y reírme. A la Piropo-*femme fatale*, y reírme. A la Piropo-cuarentona, hipocondriocona, mañosona, histericona. Y reírme, y reírme, y reírme. Y mojarme, mojarme, mojarme. Abrirme, así, paso por entre una capa gruesa de grasa acumulada a base de roles y etiquetas que he ido adquiriendo o que me he ido autoimponiendo a lo largo de los años. Mojarme, mojarme, mojarme. Reírme, reírme y reírme. Hasta que de tanto reírme siento que ya casi me falta el aire. Hasta que de tanto reírme siento que he llegado a donde está ese otro Piropo. El Piropo «a secas» que había dejado aparcado en alguna parte de mí misma. Ese Piropo que sabía gozar de lo esencial, del «qué» de la cosas —como diría Mondragón— sin necesidad de buscar el «porqué» de las mismas. Dejar de reírme. Respirar hondo. Mirar hacia las nubes. Cerrar los ojos. Inhalar el cálido aroma a tierra mojada que emana bajo mis pies. Y convertirme en tierra. Disfrutar del sonido producido por las millones de dulces palmaditas que le propinan las gotas de agua a las hojas de los árboles y a las flores cuando por fin el cielo y la naturaleza se reencuentran. Y entonces, convertirme en hoja. Convertirme en flor. Acoger a esas millones de dulces palmaditas que me bautizan. Y reconocer que, hoy en Gunung Kawi, he vuelto a nacer.

De: Piropo <piropo@piropo.us>
Fecha: May 19, 2009 9:30:20 PM CST
Para: Federico Sánchez Mondragón <Nadie@yahoo.es>
Asunto: Un archipiélago de perversión

Mi perversísima señora. Le envío este mensaje para reiterarle que este esclavo suyo irá al archipiélago de las islas Gilis o a donde a su alteza se le antoje. Sólo le pido que me permita consentirla y ajuarearla con prendas de puta para que juntos las estrenemos. A partir de mañana ya no le volveré a escribir. Abandonaré este espacio virtual para convertirme en carne trémula y al fin poder penetrarla en todos los sentidos de la palabra y hasta cuando la palabra ya carezca de sentido.

Henry.

# 20 de mayo, 2010

*10:30 a.m.*

Cuando Federico Sánchez Mondragón y Piropo abordaron la barca que los llevaría a Gili Trawangan, apenas si se dieron cuenta de que ya habían cambiado de piel y se habían convertido en sus respectivos *alter ego*. La metamorfosis había ocurrido la tarde anterior mientras ambos se preparaban individualmente para lanzarse a la aventura que habían acordado. La de Mondragón tuvo lugar en una peluquería en el centro de Kuta, a donde el escritor había ido a cortarse el pelo sin sospechar que la coqueta y caprichosa Anaïs aprovecharía el momento en que el escritor cerrara los ojos mientras le lavaban el cabello, para susurrar en el oído del dueño del local que por favor agregara a la cuenta de Mondragón una depilación brasileña, una manicura francesa y una pedicura con peces Garra Rufa. *Esos animalitos sí que saben comer,* le aseguró Anaïs al hombre con voz gatuna y presumiendo de sus pies.

La transformación de Piropo sucedió, sin embargo, de una manera más sutil y casi imperceptible. Durante las dos noches previas al viaje, aumentaron los niveles de testosterona en su sangre y aunque no le creció más vello en el bigote, en las patillas o en los muslos, la aparición de un solo pelo rubio en los arbores de una de sus aureolas rosas, marcó el comienzo de una suave transición hormonal, de un cambio de mando femenino a uno masculino, que en lugar de convertir al Piropo de esta historia en un insulto, más bien lo fue volviendo menos melodramático y más práctico.

Aunque no lo habían hablado, decidieron evitar sentarse el uno junto al otro en el Gili Cat, el barco rápido que los llevaría desde la orilla del pueblito de Padang Bai, hasta la isla Gili. Y es que ambos compartían secretamente la misma particularidad: escogían siempre el lado derecho de cualquier método de transporte público o privado —y hasta de la cama— y ese lado siempre tenía que estar cerca de una ventanilla por si fuese necesario que escaparan o tuvieran que dejar escapar la imaginación, el miedo a volar, una lágrima inesperada, o un adiós prohibido.

**Destino: Gili Trawangan**
*10:10 a.m.*

La costa fue arremangándose en las pupilas líquidas de Piropo hasta reducirse a un diminuto guión y sumergirse, después, en las profundidades de una mirada convertida en océano Índico. Y de la oreja de una caracola marina, desde el fondo de esos ojos de trazo medieval, emergió Henry. Un Henry cuya sonrisa interior se ovilló en las comisuras de sus labios finos y monárquicos, mientras el viento de estribor jugaba a trenzar y destrenzar ideas en la cabecita inquieta de Piropo, quien las desgranaba sobre la página de su *laptop* bajo el título de: «Fecal».

*En la vida hay dos momentos en los que la mayoría de los seres humanos estamos lúcidos. Cuando comemos y cuando defecamos. A través de la historia de la humanidad, innumerables guerras, pactos, negocios, descubrimientos y decisiones fundamentales han tenido su origen en algún tipo de retrete al que hoy en día, por pudor o simple esnobismo, la mayoría identificamos bajo las siglas inglesas de WC (watercloset).*

*Definitivamente, no hay sensación más deliciosa que exonerar el vientre en la intimidad de un baño. Ahí, donde los azulejos son fríos y el papel es «puro rollo». Sentados en ese solio donde se parte rendido nuestro calato «derrière» y el sieso se despoja de sus petulantes flatos. Expuestos de cara a un lago de apacibles aguas cristalinas que pacientemente aguarda nuestra deyección para luego robársela en un ciclón de pasión escatológica y espuma de mar.*

*Allí reside la verdadera libertad. Porque sólo cuando estamos arre-llanados en la comodidad de nuestro excusado es que ya no tenemos que excusarnos porque todo nos es permitido: fumar como chimenea, meditar, cantar, hacer crucigramas, leer sin prisa, con ritmo (algunos no dan pasa-porte a sus heces hasta no llegar a una cierta página, artículo o capítulo) y sin interrupciones, hablar por teléfono, por Skype, Messenger o casualidad, chatear en Facebook, textear con nuestro iPod, twittear desde nuestro Ipad, responder e-mails, hacer compras virtuales, jugar a la bolsa o apostar en un casino a través de la red, comer, mascar chicle, tocar la guitarra, y con suerte, hasta ver la tele o gozar de un lavado automatizado de nuestras partes traseras y delanteras como ya es tan común en los hoteles de lujo y en especial en Japón.*

*Lo cierto es que en el ajetreado planeta en que vivimos, quedan muy pocos sitios donde refugiarnos con la tranquilidad de saber que se puede ser uno mismo sin molestar al prójimo. Quizás sea por eso que algunos han convertido a sus letrinas particulares en templos sagrados cuyo altar mayor es un álgido asiento de porcelana y el pan de cada día, la ricura de una eyección bien sostenida y entregada a tiempo.*

*El ejemplo más radical de esta necesidad vital de proteger el espacio tan íntimo y esencial en el que defecamos, lo vi hace pocas semanas en un absurdo documental que transmitió una renombrada cadena de televisión norteameri-cana. Armada de un solo camarógrafo, de mucha paciencia y previa consulta con un psicólogo, una reportera convencía a un joven de salir de su morada: un baño, al que se había autoconfinado durante siete años con la certeza de que vivir en cualquier otro espacio sería exponerse a toda clase de contaminación. Cuando el muchacho se atrevió finalmente a abrir la puerta, comenzó a expli-car al público cautivo que todo y todos le dábamos virtualmente «asco» mien-tras la pantalla, paradójicamente, iba revelando cómo el joven había estado durmiendo, alimentándose y estudiando a menos de un metro de distancia de donde hacía sus necesidades biológicas, en un lugar que claramente carecía de ventilación pero desde donde había conseguido graduarse gracias al internet, un medio de comunicación que también le había permitido tener una novia en otra parte del mundo, quien a su vez llevaba años encerrada en su baño por las mismas razones que su pareja.*

*Reconozco que esto es un caso muy extremo, pero extremas también son las medidas que algunos adoptan con tal de asegurarse una garita limpia, apacible y que los mantenga en el total anonimato. Sin ir más lejos, una amiga publicista tiene la costumbre de escaparse por las mañanas de su trabajo con el pretexto de salir en busca de «ideas frescas» para el comercial de turno. La verdad es que se va directito a la librería Barnes & Noble más cercana a su oficina porque, según ella, es el único sitio en Houston donde se puede cagar a gusto sin que el estilo de sus zapatos la delaten. Comparto su opinión pues no cabe duda que cuando estamos sentados en «el trono», lo importante es saber que, al menos una vez al día, en medio de tanta globalización actual, cada uno de nosotros tiene la oportunidad de hacer heces o «eses» sin ser juzgado por los demás, y que vaciar nuestros intestinos es el momento perfecto para afirmar orgulloso y, como dice la canción, que al menos en el baño: «yo sigo siendo el rey».*

## 12:05 p.m.

El motor del Gili Cat atracó en el puerto de la isla Gili Trawangan poco después del mediodía. A esa hora, las moscas balinesas aún dormían despatarradas sobre las orejas de los dos o tres caballos, desgastados y convertidos en *cidomo,** que esperaban a la salida del muelle la primera camada de turistas ruidosos para llevarlos en un amodorrado cliqui-ti-clac a sus respectivos hoteles. Pero como Federico Sánchez Mondragón y Piropo no eran turistas sino viajeros solitarios, desembarcaron sin romper su silencio con la serenidad y profunda complicidad de quienes tienen la conciencia tranquila y han asumido con naturalidad el andrógino que llevan dentro, su *alter ego,* su *atman,*** y todas las versiones refractarias, verosímiles

---

* En las islas Gilis, es el nombre que se les da a los taxis y que consiste en una carreta cubierta tirada por un caballo.

** En las religiones de origen hinduista, el *atman* es un término asociado al concepto occidental del alma, o la esencia espiritual cósmica y cósmica de los seres humanos.

e inverosímiles de sí mismos, versiones que a menudo los seres humanos mantienen cautivas en el *Aleph* de una existencia pusilánime, convertida en azul o rosita, en cara o cruz, en un él o en un ella, por el matasello de una sociedad bífida, que todo lo juzga bajo el corsé de la polaridad y que promueve la ablación de los infinitos colores que cohabitan en el arco iris interior del ser humano.

Y mientras Federico Sánchez Mondragón esperaba a que los hombres del Gili Cat desembarcaran su maleta, Piropo se acercó a su compañero de viaje, lo miró con ternura, y sacó un pintalabios de la mochila.

—Necesitas un pequeño retoque Anaïs. ¿Me permites?

— Adelante... Por cierto, quiero que esta tarde me acompañes a hacer unas compras.

—Claro que sí, siempre y cuando me dejes escoger una que otra prenda sexy para ti.

—De eso precisamente se trata, Henry. Quiero que me ayudes a ajuarearme, como tú mismo me lo ofreciste en el último e-mail que me enviaste. Entre otras cosas necesito medias. Las de España ya las tengo muy vapuleadas, las que me trajiste de Houston ni te cuento y aunque las carreras sean siempre indicios de putez y, por ello, sumamente incitantes, tu Anaïs necesita unas nuevas. Sabes, esto me recuerda que la primera vez que un hombre me besó estando yo con las medias puestas, me hizo una carrera. Sentí un hormigueo subir por mi pantorrilla hasta llegar al muslo. Fue una sensación exquisita.

—La carrera la tenías ya hecha, Anaïs. La de puta, claro.

—Tienes razón. Y contenta de serlo. Me alegra tener una sonrisa vertical entre las piernas. Recuerdo cuando apenas estaba entrando en la adolescencia, con los pechitos despuntándome —tuvieron que llevarme al médico, que sonrió— me di cuenta de que era así, de que había nacido nena e impotente, de que no me quedaba otra que aceptarlo. Y lo hice. Me dije un buen día: soy marica, soy marica, soy marica... ¿Y qué?

—¿Y?

— Y… ¡Vaya! Por fin han desembarcado mi maleta. ¿Pero dónde está la tuya?

—Es esa última que están cargando aquellos tres hombres.

—Dios mío, Henry, ¿qué tanto llevas ahí?

—De todo, por si acaso.

—¿Por si acaso qué? ¿Qué tanto se puede necesitar en Bali, aparte de un par de minifaldas, dos o tres *tops* y unas cuantas braguitas? Te aseguro que yo en mi bultito tengo todo lo que me hace falta. Incluyendo el cinturón con la polla negra que me has regalado. Y para serte franco, hoy en día, es la única manera de viajar: *light*.

—Bueno, pero ya sabes el dicho: «una mujer precavida, vale por dos.»

—Sí, pero acuérdate Henry que en este viaje tú eres el chico y yo la chica.


**Villas Ombak**
*12:40 p.m.*

Una vez registrados en el hotel Villas Ombak de la isla, Anaïs y Henry se dedicaron a escribir el resto de la tarde en sus respectivas habitaciones. Anaïs inspirada por sus viajes. Henry, por las nalgas de Anaïs:

*Anaïs, con sólo ver tus nalgas, Colón se hubiese convencido de que el mundo era redondo. Nalgas, nalgas, nalgas…*

*Desde siempre, han seducido a los hombres, inspirado a los poetas, deleitado a los jefes, trastornado a los curas y revivido a los muertos. Poco a poco, han traspasado las barreras del pudor y hoy, andan sueltas por las playas separadas por un hilo mental, meciéndose por la calle al son de las campanas, asomándose coquetas o meneándose en busca de un pellizco.*

*Y es que para algunos las nalgas son un platillo exquisito, un paraíso calientito, un lugar donde perderse. Para otros son la tierra prometida, un reto a la pericia del debutante y la astucia del conquistador, la medida dual de la vida misma. Por eso no es de extrañarse que la mayoría de sus admiradores hayan perdido la cabeza por ellas. Están en todas partes. Nos acosan por televisión, nos provocan con distintas modas, se mueven, se aplastan, se parten, se rebalsan, se sacuden, se encajan y cuando se plantan en cualquier parte, producen conmoción.*

*La atracción que ejercen sobre los hombres ha sido motivo de varios estudios, y aunque todavía ningún psicólogo ha podido determinar con certeza la razón por la cual producen un inevitable frenesí por acariciarlas, apretarlas, estrujarlas, besuquearlas, tatuarlas o morderlas, se sabe que están ahí para despertar en los hombres rabia, sueño y placer, y medir la resistencia de quien con sólo verlas desearía reclamarlas.*

*Han ido cambiando de nombre dependiendo del país, la clase social o la jerga. Son el culo, las pompis, el trasero, las posaderas o las asentaderas. Las hay redondas, caídas, sumisas, grandes, pequeñas, vencidas, celulíticas, perforadas, operadas. Tristes, mimosas, traicioneras y sublevadas. Gracias a Dios nunca se sabrá por qué son dos.*

*Las nalgas de las negras siempre están de fiesta, las de las monjas son «padres» como dicen en México, las de las putas son de goma, las de los políticos son garantía, las de la jefa son recompensa, las de los niños carcajadas y asombros. Para merecerse unas nalgas hay que saber llegar a ellas. Al igual que la destreza del músico al tocar las cuerdas de su instrumento, las nalgas reconocen el primor del roce maestro.*

*Un mundo sin nalgas sería verdaderamente plano.*

## Gili Trawangan
*6:15 p.m.*

La noche fue trepando el horizonte y arropando las olas con una brisa suave y mimosa. Los bares y restaurantes de la isla comenzaron a prepararse para la llegada de jóvenes ruidosos abrasados por el sol y con sed de hacer todo lo que no se atreverían a hacer en sus países. De *expats\** amodorrados que disfrutan viendo el mundo pasar sin importarles ya pasar por el mundo porque hace rato que pasan de todo. De treintañeras de piernas dadivosas, labios floripondios, frentes brillosas y botulinizadas con la esperanza de que con sólo comer, rezar y amar en un lugar remoto y exótico, llegarán a dar consigo mismas al puro estilo de la escritora norteamericana Melissa Gilbert, y de paso a encontrar un príncipe azul que las quiera por lo que creen que son, o quisieran ser, pero no son.

Y mientras todo eso ocurría, refugiados en el silencio sacramental de sus respectivos aposentos, Federico Sánchez Mondragón y Piropo saboreaban la última línea de lo que habían escrito, y por ser ambos espíritus complementarios y convergentes, sin saberlo, llegaron a cerrar su ordenador al unísono con la satisfacción de que por ese día, al menos en la pantalla, lo habían dicho todo.

### 7:45 p.m.

Cuarenta y cinco minutos más tarde, Federico Sánchez Mondragón, transformado en Anaïs, tocó a la puerta de la habitación de Piropo. Y Henry abrió la puerta. Anaïs le sonrió desafiante luciendo un bikini con diseño infantil que la hacía verse más perversa que nunca.

—¿Qué tal? ¿Cómo me ves?

—Con los ojos con los que nadie te ha mirado, Anaïs.

—¿Crees que voy un poco despampanante?

—Más bien, guapísima.

—¿Nos tomamos algo aquí en la terraza antes de salir a cenar? Todavía me queda un poco de whisky.

—¡Ah! Nuestro trago por excelencia.

Y como era natural para ellos, y sin hacerse preguntas, se sentaron en un sillón individual mirando hacia el jardín para no tener

* Los *expats* son los residentes en un país con una nacionalidad de otro país.

150

que ceder el lado derecho del sofá de mimbre de la terraza, ni el placer de observar a los huéspedes que transitaban frente a ellos.

—Henry, a veces me pregunto por qué he nacido así. ¿Por qué soy una mujer?

—¿Y qué te respondes?

—Más bien escarbo en los recuerdos de mi infancia. Sabes, cuando nací me vistieron de nena. Mi madre se había ilusionado y obsesionado con que daría a luz a una niña, a tal punto que cuando la enfermera me puso en los brazos de mi madre, ésta le pidió horrorizada a mi abuela que me colocara un pañal cuanto antes para cubrir mi sexo y se negó volver a ver mi cuerpo desnudo. Según mi abuela, mi madre nunca se repuso del disgusto. Imagino que mi madre maquilló la realidad aprovechando toda la ropita que tenía preparada para la niña que nunca llegó. Eran tiempos de guerra y no era cosa de tirarla. Fui creciendo así, vestido de nena, como le sucedió a Sartre, hasta que llegó el día en el que empecé a ir al colegio y tuvieron que vestirme con el uniforme de niño. Pero para entonces ya era demasiado tarde. Nunca recuperé mi identidad viril. El hecho de ser hijo de una mujer soltera y de vivir yo, hasta que contrajo segundas nupcias, entre mujeres, es decir, en una verdadera *Cage aux Folles* —con mi madre, su hermana menor, que era por cierto muy ligerita de cascos, mi abuela y dos criadas muy putonas— no contribuyó a disipar el delicioso equívoco de mi sexualidad. Jugaba de niña con las niñas, con muñecas, con cocinitas, vajillas, y en el parque, saltaba a la cuerda. Ya te vas dando una idea. También jugábamos a médicos con los niños. Me recostaban boca abajo sobre sus rodillas, me bajaban las braguitas —siempre las he llevado, nunca me he colocado un calzoncillo— y me ponían inyecciones mientras me sobaban las nalgas de mi cuerpecillo de efebo y yo iba dando mis primeros gritos de gusto. A partir de ahí ya no paré. En los dos primeros años de colegio, cuando tenía como seis o siete años, los compañeros me llamaban Federiquita. Era un diminutivo vejatorio que yo no sólo aceptaba, sino que me gustaba. Luego, cuando empecé a ser la novia de la clase dejándome manosear y tocándoles tímidamente la pilila, pasaron a llamarme Carmela. El apodo tiene un por qué. Frente a mi colegio, al otro lado de la calle, había un colegio de niñas: las monjas eran carmelitas. Al terminar las clases, me iba a jugar con las niñas de ese colegio, que por otra parte eran las protagonistas de los sueños eróticos de mis compañeros. Y éstos, por lo uno y por lo otro, empezaron a llamarme Carmela. Y hoy en día cuando me tropiezo en cualquier parte con el nombre de Carmela, no te imaginas el hormigueo que siento en la entrepierna porque durante muchos años me llamé, para los hombres, así.

—A ver si entiendo bien: ¿a los ojos de esos niños de siete años, por tu conducta y porque jugabas con las alumnas de ese colegio de monjas, tú eras una alumna de las carmelitas?

—Así es. Incluso, a veces, alguna de esas niñas me prestaba su uniforme, con lo que el paralelismo era absoluto. Aún, de vez en cuando, me disfrazo de alumna de las carmelitas pero con liguero. Otras veces me disfrazo de monja. Por cierto, en mi novela *Corazón de Minotauro* sale un personaje que se llama Carmela. El protagonista se la folla, pero todo es mentira, porque Carmela soy yo. Lo sigo siendo.

—¿Y por cuántos años dejaste que te metieran mano en el colegio?

—Saca tú la cuenta. Como te digo, desde los seis años dejé que mi cuerpo saciara las curiosidades de mis compañeros de colegio y que se imaginaran que tenían novia. Y una novia que, a diferencia de las demás niñas, te chupaba la polla, se dejaba tocar y te hacía pajitas. Créeme. Fue todo muy intenso.

—Me imagino que a esa edad ya también te masturbabas.

—La verdad, no recuerdo exactamente cuándo empecé a hacerlo ni cuándo me percaté de ese mágico botoncillo situado entre mis piernas, y digo bien, «botoncillo», porque mi polla era minúscula. Sólo sé que nunca me masturbé como lo hacían los otros niños o como se lo hacía yo a ellos, llevando la mano hacia arriba y hacia abajo. Mis pajas eran distintas. Me tumbaba en la cama boca abajo, oprimía la excrescencia entre los muslos, impidiéndola crecer, aunque tampoco lo habría hecho mucho, y me frotaba contra la sábana hasta provocar el orgasmo. Enseguida aprendí a pellizcar, rozar, apretujar, estirar y deformar aquel bultito que brotaba de mi pubis.

—¿Y con quién perdiste la virginidad? O mejor dicho, quién te rompió el hímen, porque virgen, virgen del todo, podría decirse que ya no lo eras.

—Pues qué bueno que traes a la virgen a colación, porque quien me desvirgó le rezaba mucho.

—¿No me digas que fue el cura del colegio…?

—Precisamente... Tenía once años cuando fui iniciada por él, digamos que en el curso del sacramento y de la confesión. ¡Y tanto! Una tarde, estábamos en la penumbra del confesionario y... ¿Recuerdas tu primer beso, Henry?

—Sí.

—El primer beso nunca se olvida. A mí me lo dio ese cura. Y fue luego él también quien me desvirgó ya en el catre. Primero me la metió en la boca y recorrió con ella toda su cavidad. Estuve a punto de perder el conocimiento.

—¿Nunca se lo dijiste a nadie?

—No. Durante mucho tiempo el cura de ese colegio pasó a ser mi amante, mi señor, mi maestro. ¿Y tú Henry?

—¿Yo qué?

—¿Qué me dices de tus primeras experiencias?

—La verdad poco te puedo contar. Fui un niño normalito, curioso, pero nunca tan precoz como tú.

—Ojo, yo tampoco fue un niño precoz, en todo caso una niña precoz.

—Yo desde muy pequeño lo que sí fui es un vouyerista. Un provocador innato de situaciones, confesiones y debates con el fin de deleitar a mis pupilas y procurarle placer a mis oídos. No fue hasta que cumplí los doce años de edad que se me ocurrió utilizar un juego infantil para crear una situación en la que yo pudiera ser el vouyerista y de paso estimular a mi pituitaria. Mi primera y única víctima fue Ximena, una niña de 8 años, hija de un *attaché* peruano en París con la que solía jugar, mientras mi padre y el suyo se reunían a tratar de resolver los eternos problemas políticos del mundo. La invité una tarde a merendar a nuestro piso en la Rue Jean Moulin, y en cuanto nos quedamos a solas en mi habitación, la convencí de que se acostara en mi cama, se metiera un franco en el culo y que me fuese contando lo que sentía. Al principio la vi retorcerse de dolor y su rostro amoratarse a medida que trataba de introducírselo en el ano, pero de pronto nos sobrevino una risa incontrolable —mitad nerviosa, mitad maliciosa— y al cabo de unos segundos las facciones de Ximena se fueron relajando y, para mi sorpresa, la vi contonearse y gemir de placer. Fue entonces, Anaïs, cuando comprendí el verdadero significado del nombre de aquella moneda en el francés antiguo —*liberté*— y de su maravilloso poder, claro.

—Yo tuve una amante que para mí era macho y ella me metía rosarios y crucifijos mojados con su baba por el culo, pero monedas nunca. Me has dejado definitivamente intrigada y con ganas de probarlo. Pero bueno, creo que se nos está haciendo tarde para cenar.

—Tienes razón, además como yo casi no bebo, ya se me ha subido el whisky a la cabeza y comer me vendrá bien.

—¿Me ayudas a escoger qué ponerme? No soy muy buena para combinar la ropa.

—Será un placer.

Cuando entraron a la habitación, Federico Sánchez Mondragón sacó de su maleta diferentes prendas femeninas y las tendió sobre la cama.

—¿Con cuál te gusto más Henry?

—Con la que te sientas más desnuda.

—¿Qué te parece si me pongo este sujetador de encaje?

—Con estas braguitas rojas te va a quedar fenomenal.

El escritor se quitó el bikini y le cedió el paso nuevamente a

Anaïs, su coqueto *alter ego,* quien se acercó en cueros al de Piropo con lentitud gatuna y lo desafió con una mirada lasciva.

—¿Ves, Henry, esta hendidura que tengo aquí justo donde comienza mi polla?

Henry sintió el corazón palpitarle en los oídos y la boca convertirse en un pozo sin agua. Aturdido, contestó con una mechita de voz.

—Sí.

—Es de tanto apretármela en esa parte cuando me hago pajas boca abajo.

—Ajá.

—¿Pero sabes cúal es la ventaja de ser una mujer como yo?

—No, ¿cuál?

—Que sé darle más placer a otra mujer que un hombre.

Henry sonrió. Porque Anaïs no se equivocaba. Como tampoco se equivocaba nunca el instinto de Henry. Contemplar a un ser humano desnudarse por dentro y por fuera para luego volver a vestirse por dentro y por fuera delante de Henry, merecía quedarse muy quieto y sobre todo en silencio, para no romper la fragilidad, belleza e intimidad de ese momento.

Anaïs se dio la vuelta satisfecha de haber alborotado a su presa, se colocó las bragas y el *brassière* al ritmo de una bailarina erótica y luego le dio la espalda a Henry.

—¿Me lo abrochas, cariño?

Y cuando los dedos de Henry entraron en contacto con esa piel tersa e inmaculada, no pudo resistir susurrar en el oído de Anaïs.

—Tu lado puta es definitivamente tu mejor lencería.


**Restaurante Ryoshi, Gili Trawangan**
*8:00 p.m.*


Eligieron cenar en el restaurante japonés Ryoshi y compartir un platillo de edamame, unas delicadas piezas de sushi y sashimi, y libar sake. Frente a ellos, dos parejas finlandesas devoraban platos de pollo teriyaki, tempura de langostinos y cuencos de *shōyu ramen* mientras sus correspondientes neonatos dormían plácidamente en unas canastitas indiferentes al ruido del local.

—Como habrás podido constatar, Henry, en esta isla no hay mujeres como yo.

—Sí, ya me he dado cuenta. Por donde vamos se te quedan mirando. En especial los hombres.

—Bueno, cuando camino sola por la calle muchos de ellos me van diciendo *faggot, bitch* y muchas otras cosas que la verdad para mí no son insultos sino elogios. Que, además, me excitan. Tanto que cuando los oigo comienzo a mover más el culo. ¿Qué te parece?

—*Épatant*. Pero sigo sin entender a dónde quieres llegar porque tú nunca traes un tema a colación así porque sí.

—Qué astuto eres. Pues mira. ¿Ves a esos franceses con esas dos mujeres horrendas que andan atiborrándose de comida?

—Sí.

—Pues llevo toda la cena con las piernas abiertas enseñándoles el coño por debajo de la mesa.

—No esperaba menos de ti.

—¿Y crees que lo han mirado?

—Ojalá que sí.

—Pues fíjate que no. ¿Y sabes por qué? Primero porque prestarle atención al coño de una mujer como yo sería políticamente incorrecto. Y segundo porque hoy en día la gente se mueve por la vida anestesiada por tantos juguetitos electrónicos y tanta telebasura que han perdido su capacidad de asombro y de vivir esa sensación de esplendor en la hierba. Ya nada les sorprende. En otros tiempos un hombre vestido de mujer comiendo en un restaurante enseñando el chocho a los comensales hubiese sido todo un escándalo. Pero ahora ya no. El mundo, Henry, se ha acabado. Y la gente no se ha dado cuenta.

## En alguna parte de Raya Senggigi Jl, Gili Trawangan
*9:30 p.m.*

Anaïs y Henry siguieron componiendo y descomponiendo el mundo a su antojo toda la velada mientras recorrían de punta a punta Jl. Raya Senggigi, la única calle principal que tenía la isla y que estaba sin pavimentar. Por el camino encontraron las pizarras de los bares anunciando tortillas de hongos mágicos y toda clase de cocteles tántricos con la misma naturalidad con la que otras tienditas ofrecían helados, sandalias, ropa o adornos.

—Mira Anaïs, este pantalón con diseño de leopardo se te vería muy bien.

—¿Eso es un pantalón?

—Sí. Mira qué curioso es. Cuando desatas el nudo de la cintura se convierte en un simple pedazo de tela.

—¿Y cómo se hace para que vuelva a ser un pantalón?

—Pues te lo colocas como colocarías el pañal a un bebé.

—Es un concepto interesante. Pero no creo que sepa ponérmelo.

—Pruébatelo. Yo te enseño. Te va a encantar.

—A mí lo que me va a encantar es que me vistas, y que me desvistas por supuesto… *Do you have a fitting room, sir?*

El vendedor movió la cabeza mecánicamente en señal negativa, y sin pronunciar palabra, sacó un enorme pareo detrás del cual el escritor se quitó la minifalda vaquera negra y contempló su cuerpo en el espejo de la tienda.

—No he conseguido bajar esta tripita, Henry. Camino diez mil pasos al día, mantengo una dieta sana y equilibrada, pero últimamente no sé qué pasa que la condenada barriga se resiste a desaparecer.

—Estás bella, Anaïs. Y ya verás qué exótica vas a lucir con esta prenda. Venga, abre las piernas.

—Me estás excitando.

—Por favor, concéntrate que hablo en serio.

—Y yo también.

—Fíjate, te colocas la tela alrededor de la cintura y las dos puntas te las atas a la altura de tu ombligo.

—Ya está.

—No te rías pero ahora voy a tener que pasar por en medio de tus piernas para mostrarte por dónde va esta otra parte.

—¿Reírme yo? Pero si es ahí donde me gusta tener a los hombres como tú.

—Pues mira, ahora haces así, y luego pasas esto por debajo de tu coñito…

—Mmm, ya veo…

—Anaïs, por favor, concéntrate y no cierres los ojos que si no no te enteras…

—Me lo pones difícil.

—Mira, estas otras dos puntas de la tela las pasas acá, las aprietas bien, ¡y ya está!

—¿Cómo me veo Henry?

—Felina.

—Me gusta cómo asoman mis muslos a cada lado de la tela.

—Es un pantalón con acceso fácil a…

—Mi chochito Henry, a mi chochito. Pero, *Houston, tenemos un problema.*

—Dime.

—Yo ya no recuerdo cómo me has dicho que se pone esto. Si me lo compro siempre me lo tendrás que colocar tú porque yo francamente jamás podré hacerlo.

—De acuerdo, Anaïs, me comprometo a ponerte este pantalón cada vez que quieras pero con una sola condición.

—¿Que te deje follarme cada vez que me ayudes?

—No. Que durante nuestra estancia en Gili nos volvamos a enviar cartas por *e-mail.* Me gusta estar contigo, pero escribirte me excita mucho y lo echo de menos.

—Muy bien. Así lo haremos. Pero te advierto que en Gili me voy a poner más puta que nunca. Así es que te arriesgas a recibir cartas de alto calibre.

—Recuerda que el que tiene una pistola —al menos entre las piernas— soy yo Anaïs. Y te aseguro que tengo muy buena puntería. Siempre le doy al blanco y si te descuidas de blanco también te llenaré la boca, el coño y el culo.

—Eres un pervertido, Henry. La depravación es lo tuyo. Yo también soy ambas cosas: depravada y pervertida, y además invertida. Me encanta serlo y que me lo llamen.

—Lo sé. Así es que llévate el pantalón y vámonos de aquí que ya se me está parando la verga.

Apenas se desearon buenas noches en el hotel, Henry se apresuró a abrir el ordenador y escribir a Anaïs para desahogar la calentura que sentía sin saber que, en la habitación contigua, Anaïs hacía lo mismo.

De: Piropo <piropo@piropo.us>
Fecha: 20 de mayo, 2009  10:13:53 PM CDT
Para: Federico Sánchez Mondragón <Nadie@yahoo.es>
Asunto: A duelo

Anaïs,

No dejo de pensar en el sicalíptico, insupurable y laudable coño de *madame*. Sin él, Bali, Gili y toda la literatura del mundo ya no tendrían sentido para mí. Mis flechas serían balas de salva. Mi falo, un clarinete sin boquilla. Mi leche, cuartadas, cuarteaduras o cuartel.

Cierro los ojos y meto mi verga en la boca de su alteza. Y en su boca la espero. Porque penetrarla, mi señora, es morir en el ruedo. Y renacer... Hacerlo a duelo.

Henry.

From: Federico Sánchez Mondragón <Nadie@yahoo.es>
Date: May 20, 2009  10:13:13 PM CDT
To: Piropo <piropo@piropo.us>
Subject: Pececillos

Mi señor,

Por estos días, no hago otra cosa más que pensar en usted. Camino como zombi por las calles polvorientas y arenosas de Gili, me cuesta concentrarme, y cuando recuerdo sus manos y su olor penetrando mi piel, las tripas se me convierten en un estanque donde siento un cardumen de pececillos asustados coleteando en todas las direcciones. ¿Qué me pasa? ¿Será...? No me atrevo a escribir la palabra que se me viene a la cabeza y no confío en la red que todo lo pesca... incluyendo a esos pececillos...

Anaïs.


De: Piropo <piropo@piropo.us>
Fecha: 20 de mayo, 2009  10:15:01 PM CDT
Para: Federico Sánchez Mondragón <Nadie@yahoo.es>
Asunto: *Madame* Butterfly

Anaïs,

La estoy viendo con las piernas abiertas como mariposa, dejándose dedear y chupar el clítoris. No se preocupe por los pececillos y disfrute de sus mordisquillos...

H.


From: Federico Sánchez Mondragón <Nadie@yahoo.es>
Date: May 20, 2009  10:17:30 PM CDT
To: Piropo <piropo@piropo.us>
Subject: Carne de su carne

Estaba revisando mi correo electrónico cuando la campanita del buzón alertándome que me había llegado un mensaje suyo me sonó a Gloria. Estoy más cachonda que nunca. Lléneme con la cuajada de su leche lo antes posible, empápeme los pechos con su lascivia, muérdame la carne que en carne de su carne me quiero convertir gracias a su bondad de cruel y vil.

Anaïs. Su perra. Su puta.


De: Piropo <piropo@piropo.us>
Fecha: 20 de mayo, 2009 10:20:15 PM CDT
Para: Federico Sánchez Mondragón <Nadie@yahoo.es>
Asunto: Un buen ratón

Mi rabo se ha quedado enganchado a su misiva y para acariciarme el pene, he recurrido a la bolita que tiene debajo de la panza el ratón del ordenador. El único inconveniente es que he dejado la bolita tan mojada que creo haber desabilitado el ratón por completo. De hecho, he tenido que utilizar el sensor rectangular de mi ordenador para poder desplazar con mi dedo mayor el cursor y seguir escribiéndole... y con otros tantos dedos de la otra mano, seguir tocándome.

Le imploro alteza que me siga contando anécdotas de su vida de gata para que, mientras las lea, pueda seguir haciéndome pajas con los dedos o la bolita del ratón, por un buen rato, o "ratón», como dirían los mexicanos...

Henry. Su esclavo.


From: Federico Sánchez Mondragón <Nadie@yahoo.es>
Date: May 20, 2009  10:32:30 PM CDT
To: Piropo <piropo@piropo.us>
Subject: Primera, segunda y tercera comunión

No acabé de contarle la historia del cura que me dio la primera, segunda y tercera comunión: una en la mirada, otra en la boca y la tercera en el culo. Nos encontrábamos entre las sombras de la capilla, yo postrada ante él, de rodillas, agazajado entre sus piernas, chupándole lo que más me acerca al cielo. Él bufaba. Entre mis labios escurría abundante la saliva. Me decía: «así, así, lámela, mordisquéala por ahí, suavemente, trágatela toda...» Yo acataba sus órdenes mientras él presionaba mi nuca para que entrase más. De pronto se apartó, se ajustó un poco la sotana y me dijo: «vamos». Fui. Llegamos a su habitación, hasta arriba del colegio. Su cama era grande y el sofá muy confortable. Se despojó de su ropa. Me ordenó que yo hiciese lo mismo, «Despacio», me exigía, mientras él me miraba sentado en pelotas sobre el diván, acariciándose la polla grande, venosa, gorda. Con un empujón me tiró en la cama, me cubrió con sus besos, me babeó las tetillas, las enrojeció entre sus dientes, tentó mi ano con sus dedos, yo me movía bajo el peso de su cuerpo, aaaah, qué delicia, y asentí, temblorosa, cuando me advirtió: «te la metería hasta el fondo pero aún eres muy niña. Te rajaría hasta reventarte». Y estando así, le robamos las horas a la tarde. Cuatro veces echó su leche. Una en mis tetillas, otra entre mis labios, la tercera sobre mis nalgas y la última en mi frente, como persignándome. Me fui de ahí caminando con debilidad. La brisa callejera bañaba mi rostro, llevándose como un secreto, el aroma de sus besos, de su semen. Al día siguiente se presentó en mi clase anunciando, delante de mis compañeros, que iba a ser mi director espiritual y que todas las tardes debía subir a su habitación a estudiar los pasajes de la Biblia. Advertí algunas sonrisas. Claramente, yo no era el primero, pero él sí fue el primer hombre que me supo a amor, el primer hombre del que me enculé.

Anaïs. Su puta.


De: Piropo <piropo@piropo.us>
Fecha: 20 de mayo, 2009  10:43 PM CDT
Para: Federico Sánchez Mondragón <Nadie@yahoo.es>
Asunto: Más caliente que nunca


Reclamo *la suite de l'histoire, madame...* Me ha dejado desvelado y con el pito apuntando hacia la habitación 203.

Henry (desnudo y cachondo).

From: Federico Sánchez Mondragón <Nadie@yahoo.es>
Date: May 20, 2009  10:53:06 PM CDT
To: Piropo <piropo@piropo.us>
Subject: Nombres de guerra

Los nombres de guerra suelen sobrevivir los latidos del tiempo, sus derrotas y victorias. Yo todavía conservo el primero que el cura del que ya le hablé, me puso: Carmela. Creo que también ya le conté que frente a mi colegio había otro colegio para niñas, de carmelitas. Todas las mañanas veía llegar a esas *petites nymphettes* de la mano de sus padres, vestidas con sus uniformes de color marrón y sus falditas tableteadas. Soñaba con ser una de ellas. Se lo conté al cura y un día me dijo que tenía algo muy especial para mí y me llevó a su habitación. El muy perverso había conseguido un uniforme de carmelita y lo había dejado tendido sobre la cama. Me lo puse enseguida. Me quedaba como hecho a mi medida. Él me sentó sobre sus rodillas, metió la mano bajo la falda, me apretujó las nalgas y me metió el dedo en el culo. Yo le ofrecí la boca y culeé. Entonces me dijo que me iba volver a bautizar con su semen y que era la ocasión perfecta para cambiarme el nombre por uno de chica que a mí me gustara. *Carmela,* dije, con un hilo de voz y pensando en que así me llamaban ya todos los niños a los que yo les había chupado la polla en el colegio. Y desde entonces, durante los largos años en los que fui la amante del cura, siempre me llamó así.

Más tarde, a los dieciséis o diecisiete, los maricones del cine Carretas me pusieron el apodo de «La Gacela» a causa, me decían, de mis largas y esbeltas piernas, y de la agilidad con la que meneaba el culo y meneaba la polla a cuanto porno cinéfilo me lo pedía. Fue mi segundo nombre.

Después, en los años setenta, en los parques, urinarios, bares y esquinas tramposas se me conoció como «Chiquitita», un alias que aludía al ridículo tamaño de mi polla y que fue inspirado en la canción del grupo ABBA que por ese entonces flotaba en las ondas sonoras.

Más adelante, alguien me puso el apodo de Lady Brett —en honor a Lady Brett Ashley, la promiscua divorciada en la novela *Fiesta* de

Hemingway— porque me había convertido en la mamadora oficial de un famoso matador de diecinueve años que se obesionó conmigo en el cine Carretas.

Hoy en día muchos me conocen como Leni. ¿Se imagina por qué? Polisemia: alude ese sobrenombre a la lenidad de mi cuerpo cuando me derrito entre los brazos de los hombres. También he sido Loreto, Chelo, Cindy, Manoli, Yani, Cristal... Rectifico a Borges: «¡yo, que tantas mujeres he sido!»

¿Con qué nombre me bautizará usted, mi señor? ¿O prefiere utilizar alguno de los que he citado? Los nombres son como algunos amores: marcan. Y yo quiero que me marque. Póngame un nombre sucio. ¿No soy acaso, simultáneamente y consecutivamente su nene y su nena? Escríbame guarradas. Eso me excita. Cuanto más denigrantes sean, mejor. No hay límite alguno. Soy su pilón aguadero, su alcantarilla, la suela de su zapato, su puta...

Anaïs (con los labios de la vagina convertidos en plantas acuáticas).

De: Piropo <piropo@piropo.us>
Fecha: 20 de mayo, 2009  11:06 PM CDT
Para: Federico Sánchez Mondragón <Nadie@yahoo.es>
Asunto: Puta

Su alteza ha sido, y sigue siendo, no cabe duda, toda una guerrera. Y me parece que su chocho ya ha sido bautizado con demasiados nombres. No quisiera añadir a esa lista otro porque me temo que el que yo le asignara pasaría a ser de pura colección. Y su siervo, señora, se precia de encontrar joyas únicas. Su intimidad lo es. Putas como usted, ya quedan pocas. Y hay que saber follarlas con la sangre bien fría y la polla bien caliente. De lo contrario, corre uno el riesgo de quedarse prendido de sus medias de gata y de volverse para siempre un maricón. O peor aún, de convertirse en otra puta como *madame*. Lo que en mi caso, ya había ocurrido antes de conocerla. Las putas como usted son como de Bombay. O como dice la canción de Mecano: *De lo que no hay.* Es decir, son de puta madre, o de padre puto, según. Por eso hay que venerarlas primero y luego maltratarlas un poco para evitar enviciarse con ellas o que ellas se enamoren de uno.

A las putas como usted hay que lamerlas, amordazarlas, follar- las, bañarlas, afeitarlas, encremarlas, pintarle las uñitas, la carita, empolvarlas, echarles unos cuantos polvos más, y luego hay que zurrarlas, humillarlas, ponerle los cuernos, dejar que otros se las follen por la vagina, por el culo, por la boca, por cualquiera de sus entradas prohibidas, permitidas, escondidas, lubricadas, secas, blandas, duras, arrugadas o vencidas. Porque putas como usted, mi señora, no se merecen un nombre, sino una buena follada y una buena cachetada.

Henry.


From: Federico Sánchez Mondragón <Nadie@yahoo.es>
Date: May 20, 2009 11:15:00 PM CDT
To: Piropo <piropo@piropo.us>
Subject: Sin bragas

Así, sin bragas, o «a calzón quitado», como dicen otros, es como le voy a revelar lo que pocos saben de mí: los motivos por los que he tenido tantas vidas conyugales si desde la infancia supe que me gustaban las pollas en lugar de los coños. El primer motivo es el más obvio... La presión social y cultural nos obliga a uniformarnos de azul o rosa, aunque sea por momentos. Luego está mi innega- ble tribadismo y mi necesidad de querer compartir ese mundo tan púbico, público y a la vez tan privado de las mujeres. Me gusta ir a la peluquería con ellas, charlar de cosas de chicas mientras nos ha- cen la manicura y pedicura, salir de compras con ellas, probar cre- mitas y perfumes nuevos, compartir secretos sobre los hombres...

La primera vez que me casé, mi novia y yo teníamos veinte años. Nunca nos habíamos dado un beso. Nunca la había tocado. Era virgen. Y dudo que sospechara de que yo resultaría ser un mari- quita. Lo descubrió en la noche de bodas. Cuando salió del cuarto de baño tímidamente para entregarse por primera vez a su marido, se encontró con la sorpresa de que en el lecho nupcial la espe- raba una puta vestida con una minifalda y corset de cuero. Y por supuesto, como toda novia, yo llevaba algo nuevo (las medias), algo viejo (un liguero muy historiado con el que me habían follado ya muchos viejos en Madrid), algo prestado (unos pendientes rojos, que eran de un travesti con el que a veces salía a ligar) y algo azul: las bragas de encaje. Imagínese cómo se quedó la pobrecita. De una pieza. Paralizada y muda durante unos segundos. Luego soltó una sonora carcajada que se convirtió enseguida en un llanto amargo cuando descubrió que entre mis piernas escondía un enanito arrugado, un asomo de virilidad. Me dio una bofetada y me gritó rabiosa que de esa habitación no saldría sin tener el virgo roto, pues para eso se había casado.

Decidí hacer realidad sus sueño y la convencí de que me acompañara a una sala de fiestas de mala nota. Allí me dejó ver cómo la desvirgaban, creo que a modo de venganza. No sabía que a mí eso me pone. Así es que le salió el tiro por la culata. El mismo que se la folló, me la metió luego a mí por el culo. Fue una delicia. Se preguntará usted por qué no disimulé, por qué me vestí de maripepa. Le explico: si existe alguna posibilidad, aunque remota, de que en la cama la polla se me ponga escasamente tiesa cuando estoy con una mujer, es si voy ajuareada de puta. En aquella ocasión, ni así se me puso morcillona. La verdad, nunca pude follar a mi mujer, y después de esa noche, todo fueron cuernos.

Fuimos de viaje de novios a Milán, París y Amsterdam y fue un desmadre. En París se enredó con el cantante de un restaurante a quien le gustaba llevarla al Bois de Boulogne, al área donde están todas la putas, dejarla sola atada a un árbol y esconderse para ver cómo otros llegaban y se la follaban sin desatarla. En Amsterdam se iba sola por las noches a las discotecas y volvía acompañada, a veces hasta con dos hombres. En Milán se encoñó con un sátiro que me doblaba la edad y tenía una polla de quince centímetros. Con él conoció a fondo el verdadero significado de la expresión «¡Mamma Mía!».

Cuando volvimos a Madrid estaba preñada. Ni ella ni yo nunca supimos de quién.

Besos de tríbada.

Anaïs.

De: Piropo <piropo@piropo.us>
Fecha: 20 de mayo, 2009 11:25:10 PM CDT
Para: Federico Sánchez Mondragón <Nadie@yahoo.es>
Asunto: Sin calzoncillos

Usted es de fondo y de forma, una mujer. Y no, la verdad no me he preguntado por qué ha tenido tantas vidas conyugales. Tal vez porque he conocido otras personas con sus mismos *penchants,* cuyas razones suelen ser más o menos las mismas y para mí, obvias. Y porque quizás, la dualidad en todos los seres humanos, el énfasis en el Yin o el Yang, dependiendo de la ocasión, me parece de lo más normal y por lo demás, muy sana.

Continúo, *madame,* a la espera de que me siga relatando todas las cochinadas que ha hecho a lo largo de su vida de puta. Tengo la verga amoratada de tanto sobármela mientras imagino todas las guarradas que le han hecho. No creo que aguante ya mucho sin correrme. ¿Podré hacerlo en su boca? Le suplico me cuente una última historia antes de que ocurra el gran tsunami y descargue toda mi nata frente al ordenador.

H.


From: Federico Sánchez Mondragón <Nadie@yahoo.es>
Date: May 20, 2009  11:30:08 PM CDT
To: Piropo <piropo@piropo.us>
Subject: Cine Equis

No sé si ya le he dicho cuánto disfruto la sordidez de los cines equis, en especial los de Madrid. La próxima vez que esté en España la llevaré a uno de mis favoritos, el Alba, que está junto a Tirso de Molina. Yo voy a ese, al Postas, y otros al menos un par de veces a la semana si estoy en la capital. Llevo sesenta años haciéndolo. Los cines equis son el mejor parque de atracciones que existe, literalmente, para adultos. Aquello es un paraíso. Allí, en total anonimato y como en un claro de luna, con las imágenes de películas porno parpadeando sobre la desconchada tapicería de las butacas, me doy gusto y me dan como quiero. Allí, mamo pollas de todo tamaño, grosor y color. Allí me meten el dedo en el culo, me enculan y me alimentan con su leche un sinnúmero de desconocidos y seguramente uno que otro conocido cuya identidad se ha desvanecido en la oscuridad, en mi boca y de mi memoria de zorra. Ay señora, algún día escribiré un libro sobre esos cines, en especial sobre el cine Carretas que era el mejor de todos, ni Sodoma era así, pero lo cerraron en 1995. Decían que lo querían convertir en una sala de Bingo. ¿Se imagina semejante barbarie? ¡Qué le puedo decir! Vamos a menos...

En el cine suelo sentarme en la orilla derecha, de ser posible en la última fila. Es la silla imperial de las mamonas como yo. Tengo fama de ser la mejor mamadora de pollas del lugar. Cierre sus ojos e imagíneme allí. Estoy sentada, con la minifalda arremangada sobre los muslos... Se acerca un viejo cojo. Se coloca frente a mí. Yo bajo los ojos. Miro fíjamente su bragueta, luego lo miro a él, me paso la lengua por los labios. Él se acerca. Le bajo la cremallera. Se saca la polla. Aún no la tiene dura. Saco de mi bolsillo una toallita húmeda, le limpio la polla y me la meto en la boca. Hago círculos con mi lengua sobre la punta de su glande. Succiono. La polla entra y sale y siento sobre mis labios cómo poco a poco se va poniendo dura. Cuando por fin babea y chorrea, y siento que el cojo está a punto de hacerme tragar su yogur, paro. Luego vuelvo a empezar. Así lo hago con todos los tíos. Durante una película se la mamo, por lo menos, a diez o doce. Algunos se corren en mi boca, otros me la echan en la cara. Vuelvo a casa apestando a lefa. Me gusta encontrar en ella a mi mujer en la sala tocando el arpa mientras un macho le está chupando el coño.

Espero que se haya corrido. Ardo en deseos de tragarme la espuma de mar que salga de su polla. Después de todo, lo que pase en Gili, se quedará en Gili...

Anaïs.

20 de mayo, 2009

*12:00 a.m.*

Esa noche, en la habitación 203 del hotel Villas Ombak de Gili Trawangan, se escucharon unos rugidos leopardescos y gemidos de placer que, tanto el guardia de turno como los turistas que pasaron cerca de ahí, prefirieron ignorar por respeto a la naturaleza y al letrero colgado en la puerta que leía: *Please, do not disturb.*

# 21 de mayo, 2009

*6:00 a.m.*

Piropo se despertó azorada por lo que creyó era el rugido de un animal. Cuando constató que en realidad había sido su propio ronquido el que la sobresaltó, le sobrevino una profunda sensación de satisfacción. Y es que Piropo siempre dormía sin moverse ni hacer el mínimo ruido, y con una mano encima de la otra debajo del pecho como se las suelen colocar a los muertos en los ataúdes. Su marido opinaba que dormir en aquella postura le atribuía a Piropo un aire de realeza y profunda dignidad que él admiraba. Sin embargo, aquel aspecto de momia petrificada había espantado, en el pasado, a más de algún amante de Piropo quien, por lo general en la madrugada, había corrido a encender la luz y colocar un dedo debajo de la nariz de la mujer para asegurarse de que, después de una noche de mil y un orgasmos, aún siguiera con vida. Por eso, cuando esa mañana Piropo se percató de que había roncado, no sólo se llenó de alegría, sino que además recordó una anécdota que le había ocurrido pocos días después del 9/11 cuando vivía en Manhattan, y sin perder un segundo, se sentó a plasmar en otro artículo lo que su cuerpo acababa de revelarle.

*Un anciano en Central Park me dijo hace unos años que «roncar es la simple afonía de un buen sueño y la pesadilla de todas las mujeres del mundo». No se equivocaba. Roncar es el entreacto de las napias, el deleite del Céfiro al rozar los recovecos desnudos de un tabique desviado, el baileteo seductor de la úvula al son de ese gorgoteo gitano del aire que, al pasar por la garganta, orea la guarida de las anginas, corteja cada pliegue del paladar, estremece la molicie de los labios y hace batir las alas de la nariz hasta que, como un funámbulo de circo, sale proyectado por entre las pelusas de dos fosas que lo despiden ya saciadas de placer tras la visita de su amante náufrago.*

*Roncar no tiene educación, color, sexo, peso o edad y suele ocurrir en ese momento en donde todos volvemos a ser vulnerables, genuinos y libres: mientras dormimos. Es ser uno mismo en la forma más primitiva, asertiva e impertinente que pueda existir porque para la desgracia de unos y la felicidad de otros, roncar es una fruición inconsciente a la que muchos prefieren abandonarse con tal de no terminar por siempre acostándose de lado, con un parche para respirar mejor o en una fría mesa de operaciones.*

*De roncar no se salva nadie y los que confiesan «respirar fuerte», «sólo hacer ruiditos», o «ser una tumba», simplemente se engañan a sí mismos, pues lo cierto es que cuando se está durmiendo, se pierde la noción del tiempo, de la gente que nos rodea y de qué sonidos bestiales, repugnantes o celestiales, estamos emitiendo. Así, caemos en un estado catatónico, depurado y automático, únicamente regulado por el sistema simpático y parasimpático de nuestro cuerpo porque del antipático, por lo pronto, no se sabe nada.*

*Algunos abogados aseveran que roncar es actualmente una de las más grandes causales de divorcio entre las parejas, seguido de las flatulencias, la impotencia y/o frigidez, las tarjetas de crédito y, por supuesto, de la adicción a los chats, los twitters, y las guerras por el control remoto de la tele. A pesar de ello, actualmente nadie parece poder detener la epidemia de millones de hombres y mujeres que, ingenuamente, continúan queriendo compartir el lecho y el sueño con su compañero, aún exponiéndose cada noche a los sobresaltos de ronquidos trinadores, taladradores y tronadores.*

*Dicen por ahí que «el amor es ciego», pero pienso que para algunos, además de todo, es sordo. De seguir así, el amor corre el peligro de quedarse completamente inválido y nosotros con él.*

Piropo se estiró, miró la hora y la fecha en el ordenador. En dos días tendría que dejar atrás Gili Trawangan, despedirse de Federico Sánchez Mondragón, Henry de Anaïs, y volver a Houston. Y sin embargo, en Gili el tiempo se había vuelto elástico. Las noticias del exterior llegaban por la televisión satélite como documentales de otros mundos y de otra época en la que el hombre vivía en un permanente estado de prisa, acosado por un ruido exterior e interior, bajo el temor, y a la espera de otro cataclismo económico, bélico, sanitario, natural o cósmico. Mientras tanto, al otro lado del planeta, todo en Gili Trawangan, incluyendo a sus habitantes, se movía sólo cuando era estrictamente necesario y siempre al compás de la cadencia del mar para no perturbar la belleza y quietud de un paisaje ajeno a cuantas necesidades el hombre moderno había creado.

Piropo suspiró hondo y se preguntó si sería capaz de volver a la vida que había dejado a dieciséis mil kilometros de distancia. ¿Y si le decía a su marido que renunciara a su trabajo y que volvieran a comenzar de cero en Bali? ¿Sería feliz él en un país tan diferente y ella escribiendo a larga distancia para revistas? ¿Y si simplemente fuese ella la que no regresaba? La que desaparecía en Indonesia como le contó el padre de Piropo que le había ocurrido en 1961 a su amigo, Michael Clark Rockefeller,* quien después de vagar por la jungla ecuatoriana se esfumó sin dejar rastro.

El timbre del teléfono la sacó de sus divagaciones. Al otro lado de la línea reconoció la voz mexicana y mimosa de su marido, quien la llamaba para recordarle lo mucho que él la amaba, que la hija de ambos la extrañaba, y que sin Piropo el hogar que él y ella habían construido había perdido su centro de gravedad. *¿Estás bien, mi amor? ¿Te sientes bien de tu asma?*, le preguntó inquieto. *No te preocupes cariño, estoy bien*, le aseguró ella sin revelarle que en Gili no había hospitales y que el más cercano se encontraba en la isla de Lombok, a más de media hora de distancia en barco.

* Michael Clark Rockefeller era hijo de Nelson Aldrich Rockefeller, gobernador de Nueva York (1959-1973) y vicepresidente de los Estados Unidos (1974-1977). Michael Clark Rockefeller era además nieto de John Davison Rockefeller, fundador de Standard Oil de donde eventualmente se originarían compañías como ExxonMobil o Chevron Corporation. Durante años la misteriosa desaparición de Michael Clark Rockefeller, en la región de Asmat al suroeste de Nueva Guinea, se atribuyó a que tribus de caníbales se lo habían comido, le habían reducido la cabeza o que simplemente se había ahogado. Su cuerpo nunca fue encontrado y fue declarado oficialmente fallecido en 1964.

Al colgar, Piropo se dijo a sí misma que sería incapaz de abandonar a su hija y a la persona con la que desde hacía diez años compartía una deliciosa complicidad, una relación madura tramada con las cuerdas de la libertad, la serenidad y la sensatez, una historia de amor sólida asentada en la lealtad entendida como una virtud moral, y que nada tenía que ver con la fidelidad, una noción que Piropo y su marido consideraban castradora y polarizadora de las relaciones sexuales y que, desde el punto de vista zoológico, atentaba contra la naturaleza animal del ser humano y su mandato biológico de perpetuar la especie a través de la multiplicación de parejas. Puede que Piropo le hubiese sido infiel a su azteca en carne o en pensamiento, pero jamás le había sido desleal. Y a su vez, si al mexicano en alguna oportunidad, en lugar de comer paella, se le había antojado *babaganouj*, nunca confundió su curiosidad por un nuevo platillo con el amor y la lealtad que le profesaba a Piropo.

Media hora más tarde, Piropo se metió a la ducha. Pero bañarse en Gili no era fácil. Había que hacerlo de manera ordenada y a cucharazos. La isla carecía de agua potable y la única de la que disponían los hoteles la repartía al amanecer un camión destartalado y, luego, Villas Ombak la distribuía entre las habitaciones de sus huéspedes en enormes vasijas de madera. Piropo humedeció su piel con el agua salada que salía de la llave del baño, se enjabonó primero el cuerpo y con la ayuda de un palo de madera en cuya punta estaba atada la concha de un coco, fue cogiendo agua de su vasija y enjuagándose cucharón tras cucharón.

*7:30 a.m.*

Para cuando llegó al comedor del hotel, Piropo constató que Federico Sánchez Mondragón estaba terminando de desayunar. Decidió entonces sentarse en otra mesa dado que ni su compañero de viaje ni ella eran de muchas palabras por las mañanas. Poco rato después, en el momento en que Piropo se aprestaba a sumergir una bolsita de Earl Grey en la taza de agua caliente, el escritor saludó cordialmente a Piropo.

—¿Saliste anoche?

—No.

—Pues yo tengo el culo destrozado... Después de esos *e-mails* que Anaïs recibió de Henry, la pobrecita tenía que desahogarse. Pero luego te cuento con más detalles, ahora tengo que regresar a mi ordenador, a seguir escribiendo mis memorias antes de que pierda la memoria. ¿Nos vemos a eso de las siete para cenar?

—Vale. Tócame la puerta. O, mejor dicho, deja que Anaïs lo haga.

—¿Y si como anoche es Henry quien nuevamente abre la puerta?

—A lo mejor los dos deciden comerse primero el postre.

—Mmm... suena biennnn. Hasta luego entonces, Henry.

—*À tout à l'heure, madame* Anaïs.

*8:15 a.m.*

De vuelta en la habitación número 201, Piropo navegó por el internet para leer las noticias del día. El planeta andaba de cabeza, como siempre, y en los Estados Unidos todo seguía igual, es decir, la economía americana se seguía yendo a la mierda, el desempleo rebasa niveles de mierda, los políticos se echaban mierda mientras que el presidente Barack Obama hablaba por teléfono con la tripulación del Atlantis y los felicitaba por haber reparado un telescopio de mierda. Página tras página, se iba amontonando la mierda y Piropo se dijo a sí misma que tenía que escribir otro artículo inspirada por toda esa mierda con la esperanza de que el suyo no terminara convirtiéndose, también, en otro artículo de mierda.

*Sin duda, los Estados Unidos están atravesando una de sus peores crisis económicas. Las repercusiones de este revés financiero no sólo han permeado el bolsillo de sus ciudadanos, sino también los insospechados confines de la mente*

*norteamericana. Por eso, no es de extrañarse que donde, hoy por hoy, muchos*
*estadounidenses ven un cúmulo de imposibilidades, otros han descubierto un*
*sinnúmero de oportunidades y se han beneficiado precisamente de los patrones*
*de conducta de aquellos que, en lugar de ver el vaso medio lleno, tienden a verlo*
*siempre medio vacío.*

*Sin ir más lejos, mientras cada día millones de parados se encierran*
*en el baño y se sientan a llorar en el retrete, a lamentarse por su mala*
*suerte, un reporte de la revista Newsweek reveló que Walmart —la cadena*
*de supermercados más grande de América— ha obtenido un incremento*
*inesperado en las ventas de asientos para inodoros que han volado de las*
*estanterías a la misma velocidad vertiginosa con la que ha ido evaporándose*
*el trabajo de los clientes habituales de Walmart. Restaurantes de comida*
*rápida como McDonald's, tampoco se han quedado atrás a la hora de*
*sacarle literalmente, dólar tras dólar, el mayor provecho posible al creciente*
*apetito de los americanos por las comidas de menor precio. Según un artícu-*
*lo publicado por la revista digital de la cadena de televisión CNN, el nuevo*
*menú «Dollar» introducido recientemente por McDonald's, ha engordado*
*sustancialmente las arcas de la empresa y sospecho, que de paso, la cintura*
*de sus deprimidos comensales.*

*Y así como durante esta desaceleración económica, las penas y venas de*
*muchos desempleados están siendo deliberadamente alimentadas con comida*
*chatarra y toda clase de brebajes energéticos por estos paradigmas de la in-*
*dustria capitalista, las frágiles emociones de otros tantos cesantes están siendo*
*hábilmente marinadas y medicadas a través de anuncios de televisión que*
*pregonan las deliciosas recetas de uno de los más grandes zares de esta crisis*
*mundial: la industria farmacéutica norteamericana. Día tras día, pildoritas*
*soporíferas, ansiolíticos, antidepresivos, vitaminas, cápsulas para toda clase*
*de disfunción eréctil y hasta para el nuevo síndrome de piernas inquietas pro-*
*meten devolverle al pueblo las ganas de vivir, remontarle la libido, pero sobre*
*todo devolverle el sueño, incluyendo el americano.*

*Y para aquellos que piensan que no todo lo que brilla es oro y que han*
*perdido la esperanza de un futuro mejor o no le ven una salida a sus deudas,*
*infinitas compañías lucran ofreciendo fundir los anillos de oro de ex mujeres o*
*ex maridos. Los interesados sólo tienen que enviar dichas joyas dentro de un*

*sobre de franqueo directo y se les garantiza que a los pocos días recibirán a cambio un cheque certificado por el valor del peso del preciado metal.*

*Al parecer, habrá que esperar a que pase la crisis para saber, a ciencia cierta, cuáles serán las secuelas de este asalto a la razón, corazón, talla y monedero de América. Sin embargo, algunos expertos ya se han atrevido a calibrar las consecuencias de este colapso económico y auguran que así como América está presenciando un auge en el desarrollo de nuevos vehículos eléctricos y energías alternativas, también está siendo testigo del nacimiento de una nueva clase de ciudadano: un híbrido del hombre postmoderno: mitad optimista, mitad pesimista. Mitad lleno, mitad vacío.*

De: Piropo <piropo@piropo.us>
Fecha: 21 de mayo 2009  5:24:38 PM CST
Para: Federico Sánchez Mondragón <Nadie@yahoo.es>
Asunto: Confesiones de un álter ego

El sol comienza a ocultarse en Gili, mi señora, y yo a alborotarme pensando en que esta noche la volveré a ver.

Pero antes de nuestro encuentro quería enviarle esta misiva para agradecerle por haber compartido a pierna suelta conmigo los detalles tan íntimos de un pasado que sólo usted, Anaïs, por ser la cara Yin de Federico Sánchez Mondragón, podía revelarme adobados de lujuriosa perversidad. De Piropo sólo puedo agregar a lo que ya ella le contó acerca de Ximena, uno que otro secretillo que mi calidad de *alter ego* conoce sobre su dueña.

El primero que le revelaré es que el ostracismo y esa *lassitude* que produce el saber que la esencia del objeto de interés ha sido capturada y agotada por las redes de la curiosidad, son el talón de Aquiles de los vouyeristas como Piropo... quizás por eso es que de pequeña tenía pocas amigas. Su interés por ellas duraba el tiempo que le tomaba conocerlas, observar sus reacciones y llevar a cabo sus experimentos, que para la buena fortuna de mi dueña, los mayores tildaban de «juegos de niños". Así es como muy pronto Piropo aprendió acerca de la naturaleza de su propio género, de su dualidad, de sus antifaces, sus debilidades y subterfugios, de su corrosiva necesidad de matizar y manipular lo racional con el tinte de lo emocional, de tener que hablar y hablar para escucharse a sí mismo, de hacer de su pareja, del tiempo y de todo desierto un nido, de su afán por vivir como trapecista enganchado a la adrenalina de sus pasiones y meciéndose —a menudo sin red—al compás de la anorexia y bulimia de sus melodramas, y de esas constantes subidas y bajadas de ánimo, de hormonas, de peso, de celos, y de todo lo que hace y deshace a la mujer y a lo mujer. Con los años, Piropo comprendió que si se alejaba de las de su especie no era por ser una misógina —¿cómo iba a serlo si ella era y sigue siendo cóncavo y convexo, el anverso y reverso de lo mismo, el Yin y Yang que confluye en el *Taijitu*?— sino porque la predictibilidad de las mujeres la aburría, y sobre todo, porque había descubierto —lo que el señor Mondragón había descubierto mucho antes que ella— que en realidad Piropo no era nadie: el estado perfecto.

Piropo creció con alas cortadas. El trabajo de su padre la llevó hasta Chile donde fue uniformada con los colores de la represión sexual y el corpiño de la *mea culpa,* donde fue convertida en otra "niñita bien" —hija de la dictadura de Pinochet y de sus pompones—, en la mezzosoprano del coro del colegio francés Jeanne d'Arc, en la mejor alumna de la clase, en la siempre puntual y fiel espectadora de la misa de los domingos y de su pusilánime rebaño, en la dedicada competidora de florete del equipo de esgrima, en la escritora anónima por encargo, educación y devoción de febriles cartas de amor, de poemas, y de ensayos catárticos donde cuestionaba su impuesta condición de voyeurista cuando ardía por comerse el mundo, una rosca y algún día, una polla.

No fue hasta que Piropo rebasó la mayoría de edad y que aterrizó en los Estados Unidos, cuando pudo volver a jugar y experimentar. Tras romper con un novio boliviano celoso, con quien no tenía nada en común y a quien sólo le gustaba follar una vez al mes, se convirtió en la «Lolita» de un judío americano que le doblaba la edad y quien le hizo descubrir que en toda *e-spain-olita,* como decía él, no sólo hay una mujer sino también hay un españolito, un toro, un ronín, un caníbal, un perverso sexual, un *alter ego.* Un Henry.

H.

From: Federico Sánchez Mondragón <Nadie@yahoo.es>
Date: May 21 2009  6:00:47 PM CST
To: Piropo <piropo@piropo.us>
Subject: Devota del rabo

Sus historias me mojan. Los flujos de mi vulva se tornan en lava caliente cuando leo sus mensajes. Le confieso que soy una devota del rabo. Si pudiera canonizaría el suyo y lo pondría en un altar. Me gusta arrodillarme ante la verga del macho, homenajearlo, reverenciarlo, acariciarlo, chuparlo. Y luego que esa polla me penetre, que me haga suya. Su lado femenino seguro que entiende a lo que me refiero.

Le cuento que el período más excitante en mi vida de amazona fálica fue el de Dakar. Estuve allí dos años. Rodeada de vigorosas y espléndidas vergas negras. Todos los días me iba con las mujeres de los diplomáticos que curraban en Dakar a la piscina del hotel Teranga a contemplar los coloridos paquetes que desfilaban por ahí. Los maridos de mis amigas no las satisfacían quizás por el calor del trópico, la quinina, los mosquitos, o el estrés, quién sabe. Por eso, casi todas las tardes nos subíamos a la habitación con alguno de esos negritos de la piscina. De a dos, de a tres, o por separado. Mi mujer de entonces estaba encoñada con el *boy* que nos servía. Él hasta dormía en nuestra habitación. A veces con ella, otras conmigo, y otras a solas en el sillón de la salita contigua.

Anaïs. Más cachonda que nunca.


De: Piropo <piropo@piropo.us>
Para: 21 de mayo 2009  6:10:03 PM CST
Para: Federico Sánchez Mondragón <Nadie@yahoo.es>
Asunto: Anoche

¿Y anoche? ¿Qué le hicieron anoche en Gili? Cuénteme. Me tiene usted en ascuas...

Henry. Con la polla tiesa.

From: Federico Sánchez Mondragón <Nadie@yahoo.es>
Date: May 21 2009  6:20:01 PM CST
To: Piropo <piropo@piropo.us>
Subject: Masajes balineses

Mi señor, le contaré otra de mis diabluras para que la polla se le vaya poniendo bien dura para mí.

Como recuerda, fui a un *spa* tailandés donde le conté que el mucha-cho de la recepción me la metió. Pues regresé. Me habían informado que habría una sorpresa para mí. ¡Y vaya si la había! Era un tailandés cincuentón, de muñecas gruesas, dedos como mazorcas y una polla magnífica, de un largo que pocas veces he visto durante mis déca-das de palpar y mamar vergas. De hecho, su tamaño era tan des-comunal que apenas entraba en mi boca y a la hora de metérmela me dilató el culo salvajemente. No era maricón. Después de correrse dos veces, me dijo que estaba casado, le gustaba follarse a las pu-tas de la casa de masajes por el ano, que en realidad le gustaban las tías, no los tíos, y por eso le gustaba yo. Me dijo que prefería los blancos (los *farang,* así nos llaman aquí) a los *sarasas* —es decir, a los hombres afeminados— de su país. Me arrancó las bragas con los dientes, me dio un par de bofetadas, me puso con el culo en pompa y me cabalgó a pelo mientras me mordía la nuca y los pechos. Fue un polvo de dos animales en celo. Lo que más gocé fueron las dos lechadas que derramó violentamente, una sobre mis tetas, la otra en mi boca. Fueron verdaderas lavas de yogur. Ni los negros con los que follé en Dakar eyaculaban así, ni me hicieron dar ayes cuando me enculaban. En cambio, este tailandés sí logró hacerme gimotear de dolor y placer cuando sufrí sus empellones. Me zurró las nalgas, me arañó y me abofeteó con saña. Me encanta que me peguen. ¿Nunca se lo he dicho? Lo descubrí a los dieciocho años, cuando andaba de travesti en París. Me recogió un Polaco en el *Bois de Boulogne,* me llevó a su hotel, se quitó la correa, me ató las manos al picaporte de la puerta del baño, y... imagíneselo... delicioso.

Henry, mi querido Henry... tengo la papaya jugosa, a punto de re-ventar. Exprímamela y haremos con sus zumos batidos y ponches. Yo le prometo que haré *lassis* con su leche.

Anaïs.

De: Piropo <piropo@piropo.us>
Fecha: 21 de mayo 2009 6:28:09 PM CST
Para: Federico Sánchez Mondragón <Nadie@yahoo.es>
Asunto: Los hilos del deseo

Veo que a mi señora le gusta el *festina lente,* como decía el emperador Augusto. Goza usted calentándome de a poquito con sus historias eróticas, tirando y estirando de los hilos del deseo y de mi curiosidad por conocer los pormenores de sus relaciones clandestinas. No se preocupe, no hay prisa, aunque tengo urgencia porque me cuente todo cuanto hizo o le hicieron anoche. Supongo que en ese sentido soy como Napoleón Bonaparte, un devoto del «vísteme despacio que tengo prisa».

Por cierto, ¿ha hecho uso de la polla negra que le traje de Houston? El corazón de felpa que está prendido al cinturón que la acompaña es un poco cutre, pero pensé que le gustaría. Como sabe, a mí me encanta cambiar de piel y de cuando en cuando cambiar el color de mi polla. Si no ha estrenado aún la que le regalé, la invito a que lo hagamos juntos.

Henry.


From: Federico Sánchez Mondragón <Nadie@yahoo.es>
Date: May 21 2009 6:40:54 PM CST
To: Piropo <piropo@piropo.us>
Subject: Palabras Hickey

Henry,

Al sexo hay que sazonarlo con un poquito de vulgaridad. Con palabras gruesas, o lo que yo llamo, palabras *hickey.* Me gusta oírlas y decirlas cuando me follan. ¿Y a usted? Cuanto más sucias y humillantes sean mejor. Más me ponen cachonda. El falo con corazón de felpa me calienta. Lo imagino con semejante órgano kitsch.

Antes de que nos encontremos en Bali, quiero recordarle lo esencial: deberá hablarme en femenino y tratarme como lo que soy, una mujer, a todas horas, dentro y fuera de la cama. Quiero que me escupa en el culo para que me quede bien lubricado y me lo rompa luego a fuego lento en la penumbra. Quiero sentir. ¿Me dará chupones y me dejará moretones? Quiero que me marque para que todos sepan que soy su puta.

Besos golfos.

Anaïs.


De: Piropo <piropo@piropo.us>
Fecha: 21 de mayo 2009  6:45:08 PM CST
Para: Federico Sánchez Mondragón <Nadie@yahoo.es>
Asunto: Trapecista

Soy un macho de pocas palabras cuando fornico *madame*. Y cuando hablo es para hacerlo con frases cortas, precisas, frases "comando", frases "latigazo" que exigen y golpean. Me oigo decirlas y me excito. Soy un vulgarególatra en ese sentido. Espero que eso no sea un inconveniente para usted, mi señora. Oír a mis amantes mientras gozan me excita, aunque trato de no concentrarme demasiado en ello, pues como buen redactor, tengo el defecto de quedarme colgado como trapecista en una palabra, y perderme en un laberinto de posibilidades que terminan por distraerme de lo que verdaderamente me interesa: follar.

Las combinaciones de los deseos carnales son infinitas y reconozco que en ese aspecto soy muy flexible y abierto a todo, incluyendo a cambios de vestuario, roles y posturas. Sin embargo, debo reconocer que a mi esencia de mujer le gusta follar con hombres, con hombres que lo parezcan, o que les guste a veces actuar como mujeres porque me encanta el juego, invertir papeles y demás. En definitiva, me gusta un hombre macho en la cama y, aunque no soy lesbiana, también me gusta follar el lado hembra de mi macho.

¿Quiere que la marque? Ningún problema. Lo hare, eso sí, a fuego lento. La arañaré, la morderé, le dejaré en el culo chupetones estampados para que presuma de nuestra indiscreción.

Henry.


From: Federico Sánchez Mondragón <Nadie@yahoo.es>
Date: May 21 2009 6:55:03 PM CST
To: Piropo <piropo@piropo.us>
Subject: Cuernos


¿Cuándo dejará que la vea cómo otro hombre la folla mientras entre los dos se burlan de mí? Eso también me enloquece, es decir, me pone mal, o bien, según se vea. A lo largo de todos mis matrimonios he disfrutado sabiendo y viendo cómo mis mujeres me ponían los cuernos. ¿Me los pondrá usted también? Hágalo, bendígame con ese placer tan lascivo que pocos se atreven a pedir y seré por los siglos de los siglos su conejita, su mariquita, su perra.

Anaïs.

PD: Escribir estas cartas me ha puesto cachondísima. Se me sale el rijo por la vulva. Tengo las bragas empapadas.


## Secretos de la habitación 201
*7:15 p.m.*

Edward Lorenz decía que el simple aleteo de una mariposa en Brasil puede desatar un tornado en Texas, o lo que llamó el «efecto mariposa». Quizás por eso, cuando Henry escuchó que alguien tocaba a la puerta de su habitación esa segunda noche en Gili, sintió mariposas revoloteando en el vientre y supo que estaba a punto de caer en un torbellino de locura contenida. Y es que la mente de Henry apenas había terminado de acomodar el asombro de encontrarse con Anaïs en Bali a solas, de archivarlo en todos y cada uno de sus compartimentos racionales, incluyendo las chispas de energía que animaban activamente a las neuronas de Piropo para comprenderse a sí misma cuando se metamorfoseaba en Henry, y Federico Sánchez Mondragón en Anaïs.

Henry abrió la puerta y reconoció a aquel famoso escritor septuagenario vestido con minifalda rosita, sandalias plateadas, lápiz labial cubriendo una sonrisa socarrona, rímel enfatizando sus pestañas optimistas, medias negras sostenidas por ligueros ligones, y unas bragas de encaje del mismo color dispuestas a desencajar el placer. Aquella nueva deliciosa aparición de Federico Sánchez Mondragón transformado en Anaïs, dio paso a una angustiosa, dulce y temible sensación de abandono que Henry disimuló echándole un piropo a Anaïs. Sí, Henry se sentía exquisitamente desamparado ante una puerta que abría para recibir esa piel, ese vientre, esa lengua, en una habitación donde el espacio y el tiempo se habían súbitamente detenido para que Henry pudiera adentrarse a una nueva manera de ser, de sentirse, de permitirse, de regalarse. Con un diminuto maletín en la mano, el ex «Hombre Diamante» convertido ahora en una arrebatadora mujer zircón, entró en la habitación 201 y untó de rojo progresista los labios de Henry.

Henry cerró los ojos. Sus manos como si fueran nuevas, seguras del rumbo que había que tomar, acariciaron los muslos y las nalgas de Anaïs, quien se rendía delirante, dejándose poseer por la enjundia y el coraje de su amante. Con una soltura natural ambos cuerpos se fueron haciendo lo que el afán les dictaba, se posicionaban para darle cabida a sus caprichos, a sus alientos y a sus quehaceres. Sus babas se fundían, sus lamentos se confundían, la carne se despojaba de la edad, del género, del estado civil y de toda etiqueta, para entregarse generosa a las solicitudes de la curiosidad, transgrediendo normas y expectativas, y retozando sin privaciones sobre las sábanas de la lujuria. Un cuerpo se contenía en el otro, buscando rincones nuevos, huecos, jugos… Anaïs abrió el maletín y le entregó a Henry la verga negra, postiza y grande con la que ella quería que él la penetrara. Henry se ajustó el cinturón y con el corazón de felpa cubriéndole el pubis, se adentró lentamente en el bosque de Anaïs y cabalgó de punta a punta las comarcas de su reino, a paso lento primero, al galope después. Anaïs se regaló entonces toda la profundidad que las horas le concedieron. Los dos amantes se vertieron el uno en el otro y la una en la otra, sellando, para siempre, un pacto. ¿De libertad? ¿De existencia? ¿De fugacidad? Un pacto... y punto.

**Blue Marlin Café**
*8:30 p.m.*

Salieron de la habitación 201 cuchicheando, felices, embriagados por esa natural sensación de exaltación y levedad que había invadido sus cuerpos tras recibir la visita de orgasmos pletóricos, elocuentes, retóricos, acráticos, anagógicos, multicolores, multiformes, profundos, profanos, profetas, sedativos, sagrativos, seculares y taumatúrgicos.

—¿Has visto a esos dos chicos del personal de limpieza del hotel que vienen caminando detrás de nosotros?

—Sí.

—Dime si me están mirando.

—Es imposible no hacerlo Anaïs. Digo, dudo que haya otro hombre en el hotel paseándose por los jardines vestido de mujer. ¿Pero para qué lo quieres saber?

—Porque estoy moviendo el culo como no te imaginas...

Se echaron a reír. Y caminaron hacia el Blue Marlin Café que, paradójicamente a lo que indicaba su nombre, no era una cafetería, sino un restaurante conocido por sus generosos platos de pescados y mariscos frescos cocinados a la parrilla.

—Bueno, todavía no me has contado cómo te fue en Ubud.

—De maravilla. Disfruté mucho observando ese *mélange* caótico de sonidos, aromas y tradiciones que envuelve al viajero cuando camina por las calles de Ubud. Me fascinó el soniquete tribal y lánguido de las cañas de bambú chocando las unas contra las otras en los restaurantes, el amodorrado cascabeleo de las campanillas a la salida de las tiendas, el coctel de esencias de lavanda, clavo, madera, frutas y pimienta que asaltan la nariz al adentrarse en el tradicional mercado de Pasar, y el colorido y variado despliegue de telas y texturas que resplandecen bajo sol. Vi también cómo algunos chicos jóvenes confeccionaban a mano unos sombreros con palmeras, cómo otros iban cantando en coro por la calle y a un anciano tallar en madera el cuerpo de una mujer y un hombre unidos en un abrazo. Fascinante Anaïs, de verdad.

—¿Y llegaste a tener tiempo de visitar el museo de Antonio Blanco?

—Sí, y lo hice con las bragas aún empapadas del diluvio que me cayó al pasar por el templo de Gunung Kawi de camino a Ubud. La casa del pintor me pareció maravillosa, Anaïs, y me sorprendió descubrir que contaba con su propio templo balinés. Los jardines de la propiedad son exuberantes y tomé una foto muy singular que capturó la magia de ese mundo onírico. Y es que me encontré con un gallo que no paraba de cantar colgado en la rama derecha de un árbol y a una hermosa cacatúa colgada en la rama izquierda de ese mismo árbol. Te aseguro que aquello era como ver una pintura surrealista de la crucifixión, llevada al plano ecológico o algo así.

Ordenaron una copa de vino blanco cada uno, un pargo rojo con ensalada para compartir entre los dos, y retomaron la conversación sin dejar de mirarse a los ojos.

—Ahora me toca a mí contarte de mi aventura.

—Vaya, ya era hora, me has tenido en suspenso.

—Ayer por la tarde, antes de vernos para cenar, salí a hacer mi caminata diaria y un tipo que seguramente se había percatado de mis uñitas de las manos y de los pies pintadas de rojo se me acercó y me dijo en inglés si andaba buscando un chico. Le pregunté cuánto cobraba y acordamos que me presentaría a uno a la media noche. Honestamente Henry, no pensé que podría quedarme despierto hasta esa hora, ya sabes lo poco que me gusta a mí acostarme tarde. Pero como tú y yo estuvimos enganchados al *e-mail* hasta casi esa hora, la cita me cayó de perla porque no sabes lo excitada que me habías puesto con tus cartas. Apenas salí del hotel vi al tipo ese con un chico que se veía muy joven. Le pregunté al chico si era mayor de edad, lo que fue una tontería porque claro, en estos casos nunca te dicen la verdad. En fin, el chico respondió que tenía dieciocho años y me dijo que lo siguiera. Caminó hacia el lado opuesto de la isla lejos de las tiendas y los turistas.

—Creo adivinar a dónde fuiste. Ayer yo también salí a hacer mi *power walk* y pasé por un parador muy agradable e ideal para observar la puesta del sol.

—Justamente allí es donde me llevó el chico.

—¿Y?

—Era muy tímido. Me confesó que nunca lo había hecho con un hombre. Yo le dije que yo era una mujer. Se sonrió y lo besé. Me acarició el pelo. Le abrí la cremallera y lo masturbé. La tenía grande, pero no demasiado. Se la chupé y él se dejó. Como todos los hombres, termináis por dejaros, Henry. Cuando se trata de que os la chupen, poco os importa que lo haga un marica, una mujer o un travesti.

—En la oscuridad todas las salidas son entradas y todas las bocas, trincheras.

—Nunca mejor dicho. Lo fui guiando. Estaba nervioso pero dispuesto. Le dije que me comiera el chocho y no sabes lo bien que lo hizo. Le chupé la polla otra vez y luego no hubo necesidad de enseñarle nada, estaba tan cachondo que se moría por metérmela por el culo y por la vagina. Yo le concedí el culo.

—¿Con que se lo concediste?

—Sí. No pude negarme al dulce y persuasivo acoso de esa carne fresca. Y no sabes cómo fue aquello. Ni siquiera hizo falta utilizar el gel que traía en mi bolsita de croché. En cuanto me la metió me corrí. Y él conmigo. Nos quedamos un rato en silencio mirando las estrellas y apenas se recuperó me rogó que me dejara follar otra vez.

—Y por supuesto no pudiste resistirte ante un platillo tan suculento.

—Se la chupé otra vez. Todavía la tenía cubiertita de nata. Le excitó ver cómo lamía, cómo lo miraba a los ojos mientras toda esa leche iba escurriéndose por mi mentón y mis labios. No tardó en tener la polla dura otra vez y en querer metérmela. Y por supuesto dejé que se sirviera.

—¿Cuántas veces lo hicisteis en total?

—Tres.

—Con razón me dijiste ayer que tenías el culo destrozado.

—Lo que no te aclaré fue que lo tenía destrozado de gusto.

—Por ahí dicen que no hay como follar con alguien más joven para sentirse joven.

—Ay Henry. Es que no hay nada como la carne fresca para inyectarle vigor a las venas de un cuerpo anciano donde en su interior en realidad se encuentra un hombre joven. ¿Por qué crees que dicen que los viejos se vuelven «verdes»? ¿Por qué crees que hay tantos pederastas en el mundo? Como te dije en una ocasión rumbo a Onda Cero, cuando llegas a mi edad tus fantasías sexuales se vuelven más barrocas, y si eres como yo, que además soy extremadamente curiosa, pues te lanzas a la aventura, a la caza de encuentros y de situaciones cada vez más trangresoras para poder satisfacer ese apetito voraz por sentirte viva y joven en el ocaso de tus días. Sé que para muchos lo que te voy a decir es considerado un tema tabú, pero la realidad Henry es que los niños son para los viejos como capullitos de alhelí. Todo lo tienen terso, rozagante, pequeñito, delicioso y vivo: los pechitos, el chochito, el culito… son una verdadera tentación.

—Representan para el anciano el elixir de la juventud, un verdadero afrodisíaco. Oscar Wilde tenía razón cuando dijo que «la tragedia de la vejez no estriba en que uno sea viejo, sino en que se sigue siendo joven».

—Vaya, me alegra ver que no te escandaliza ni te toma por sorpresa lo que te cuento.

—Recuerda, Anaïs, que soy un vouyerista del mundo y hace años que he llegado a muchas de tus conclusiones. Pero bueno, no me has terminado de decir si has tenido relaciones sexuales con niños.

—No.

—¿Estás considerando tenerlas?

—Tú, por si acaso, nunca me presentes a tu hija.

Anaïs esbozó una sonrisa juguetona y Henry acogió el humor del escritor con serenidad cenobita. Sabía que Anaïs disfrutaba presionando todos los botones emocionales de Henry y a Henry aquel juego le parecía de lo más divertido y cachondo.

—Lo más cruel de volverse viejo, Anaïs, es que no importa cuán joven te puedas sentir por dentro, los sistemas de la sociedad te obliguen a jubilarte. Mi madre tiene 64 años y está más activa que nunca.

—¿Sexualmente hablando?

—Bueno, en el caso de mi madre, eso es otra historia. Hace como tres años atrás me llamó alarmada para contarme que su ginecólogo le había confirmado lo que ella tanto temía: que lo que no se usa se oxida, y que en el caso de ella era peor porque lo que no había estado usando se le estaba cerrando. El médico le recetó un vibrador y un gel. Como mi madre estaba ya por viajar a Los Ángeles donde yo vivía en esa época, me dijo que se esperaría a verme para que yo la ayudara a escoger uno en condiciones. Así habla ella. En fin, apenas aterrizó en Los Ángeles, y antes de que se fuera a arrepentir del paso que iba a dar, la llevé corriendo a *The Pleasure Chest* en Melrose Avenue. Y no veas qué odisea. Todas las pollas que veía decía que le parecían muy grandes, que ella necesitaba algo más comedido dada que su condición era, según ella, casi casi virginal. Desembocamos en la tienda *Hustler* de Sunset Boulevard y allí pasó lo mismo. Finalmente, mi madre me confesó que ella quería —y estas fueron sus palabras textuales— *un aparato que no sea más grueso que un tampón para flujo liviano y de ser posible no más largo que un bolígrafo.* Cuando se lo comenté a uno de mis tíos que vive en Washington D.C, y a quien considero como un padre desde la muerte del mío, no tardó ni dos días en enviarme por correo rápido el vibrador más novedoso y popular que había aparecido en la revista *The Consumer Report.*

—¿Y lo llegó a usar?

—Pues no. Primero me dijo que tendría que inaugurarlo cuando estuviera a solas, de vuelta en su piso en Torrevieja. Pero al año siguiente cuando la fui a visitar y le pregunté por el vibrador, me dijo que lo había envuelto en un calcetín, colocado en una caja de zapatos y tirado a la basura.

—¿Por qué?

—Por temor a que si un día se moría y sus vecinos o su hermana entraban en su casa a recoger las cosas, fueran a encontrar el consolador donde ella lo había escondido: en un armario de la cocina, enterrado en un bote de lentejas. Desde entonces no sé si mi madre se ha jubilado en ese departamento —en el sexual quiero decir— pero lo que es en otros aspectos de su vida está como te digo, más joven que nunca.

—Es que la jubilación obligatoria debería estar prohibida, Henry. Es una violación a los derechos humanos.

—Y en mi opinión, una sentencia de muerte. Las personas mayores en cuanto se jubilan se mueren, por lo general de aburrimiento y de tristeza.

—Robert Louis Stevenson, el autor de *La isla del Tesoro*, cuando su médico le advirtió que podía morir joven si seguía con la vida disipada que llevaba, respondió una cosa maravillosa: «¡Pero doctor! ¡Siempre se muere joven!...». Y hablando de la juventud, ¿te has dado cuenta de esa pareja francesa que estaba cenando en una mesa al lado de la entrada?

—No. ¿Por qué?

—Él no está nada mal. Y creo que le he gustado. Me miró las

piernas. Ella se veía un poco monjil, pero estoy segura de que es una calentorra.

—¿Qué estás sugiriendo, Anaïs?

—¿Tú qué crees? Anda, ¿por qué no te acercas a la mesa de ellos y les dices en francés que nos gustaría invitarlos a la nuestra a tomar una copa de vino?

—¿Crees que acepten? Lo digo porque no nos conocen.

—Confía en mí, Henry. Tengo años de experiencia en esto. Aceptarán. Sobre todo él. Vi brillar en su mirada las luces de la curiosidad.

—Vale, espérame aquí sin hacer travesuras que ya vuelvo.

—No te lo prometo. Ya me conoces, querido. Las travesuras son mi especialidad.

—*Bonsoir madame, bonsoir monsieur.*

—*Bonsoir.*

—*Mon amie et moi voudrions vous inviter à vous assoire à notre table et vous offrir un ver de vin.*

—*Ah, ben merci, c'est gentil! N'est-ce-pas Michelle?*

—*Oui. Merci.*

—*¿Parlez-vous español?*

—Un poquito.

—Disculpe que los haya interrumpido. Pero como le digo, nos encantaría tener el placer de que nos acompañen a la mesa e invitarles una copa de vino.

—Muchas gracias. ¿Están de vacaciones?

—Mi amiga ha venido a escribir un libro, y yo he venido a acompañarla unos días y a relajarme. Pero perdone la grosería, no me he presentado. Me llamo Henry.

—¿Henry? Ahhh, sí, *je comprends...* yo soy Alain. Encantado. Mi esposa, Émmanuelle.

—*Enchantée.* ¿Dónde está su mesa?

—Al fondo, en aquella esquina, ¿la ve?

—Ah, sí, ya, ya la veo.

—Bueno, en cuanto nos traigan la cuenta nos acercaremos. ¿Te parece bien, cariño?

—Claro, *ma chérie*. Con mucho gusto. Gracias.

—Los esperamos allá entonces.

Henry regresó a la mesa y relató lo sucedido a Anaïs. Luego cenaron en silencio para darle tiempo a sus respectivos cuerpos de acomodar cada sabor y textura que ingerían, a esa sensación algodonosa que los había invadido después de haberse rendido al placer. Poco tiempo después aparecieron Alain y Émmanuelle quienes, sin saberlo, se sumaron a un juego erótico que Henry y Anaïs iban urdiendo durante la conversación.

—¿Entonces, sabes leer las líneas de la mano?

—Sí. Si quieres te leo la tuya, Anaïs. También leo el café, el iris, la yema del huevo, y las cartas del Tarot.

—Émmanuelle es buenísima, muy profesional. Y no lo digo sólo *parce qu' elle est ma femme.*

—Yo conocí hace unos años a una mujer muy famosa en la ciudad de México. No sé si han oído hablar de ella. Se llamaba Diana La Catadora y se especializaba en leer el semen.

En ese momento, Anaïs esbozó una sonrisa libidinosa. Sabía que ese comentario de Henry no había sido accidental y que la intención era indicarle a Anaïs que había llegado el momento de saltarse la frontera de cristal que los separaba de la *naiveté* de Alain y Émmanuelle, acabar con los temas de relleno, y atizar el camino hacia un posible *ménage a quatre.*

—*Olalaaaa!* Nunca había oído de ese tipo de lecturas. ¿Y tú Alain?

Anaïs sumergió, entonces, su dedo mayor en la copa de vino blanco, y se lo metió y sacó lentamente de la boca sin dejar de mirar a Henry con voluptuosidad.

—*Non, pas du tout.*

Henry respondió al mensaje de Anaïs mordiéndose el labio y continuó entreteniendo a Alain y Émmanuelle con los detalles de una historia que Henry iba improvisando.

—La descubrió un publicista mexicano y hasta escribió un libro donde relata los poderes de Diana La Catadora. Yo viví un tiempo en Oaxaca y después en el Distrito Federal. Allí fue donde la conocí por accidente.

—¿Y cómo es esa técnica?

—*C'est un peu compliqué d'éxpliquer, Émmanuelle.*

De pronto, Henry sintió que las voces y risas de los comensales se convertían en rugidos lentos y acompasados, y que los parlantes emitían lamentos esponjosos supurados por espirales de maullidos mefistofélicos que iban debilitando su voluntad. Parpadeó un par de veces esperando salir de ese trance hipnótico en el que había caído, pero todo fue inútil. Por debajo de la mesa, Anaïs le abría la cremallera, y él la dejaba. Anaïs le acariciaba la verga. Y él gozaba. Anaïs, que nos van a ver los franceses. Y sin llegar a decirlo, se excitaba. Anaïs, ya no más que me corro. Aunque correrse anhelaba. Anaïs, déjame tocarte, susurró Henry tosiendo y con voz encorsetada.

Y en el instante en que llegó el mesero, Anaïs abría sus piernas como mariposa atrapada.…

—*More wine for you ma'am?*

Y con su dedo, a esa mariposa Henry penetraba.

—*Oui, Merci.*

Anaïs qué bien me lo haces. Pensaba él mientras ella lo masturbaba.

—*And you sir?*

Córrete Henry que me corro, lo alentaba Anaïs con pupilas aleonadas.

—*C'est bon. Good. Merci…*

Y mientras el mesero llenaba las copas, Henry y Anaïs se regalaban un arco iris de colores en el vientre que celebraron con largos suspiros seguido de un brindis para sellar esa nueva complicidad de placer alcanzada.

—*Et alors Henry?* ¿No nos vas contar los secretos de Diana La Catadora?

—Sí, a Émmanuelle y a mí nos has dejado muy intrigados.

Anaïs y Henry se echaron a reír. Anaïs contestó primero y luego Henry.

—*C'est une longue histoire, Alain.*

—*Et oui, c'est une longue histoire.*

# 22 de mayo, 2009

*1:45 p.m.*

Le habían dado la cita para las dos de la tarde. Pero Piropo había preferido llegar al *Roemah Spa* de las Villas Ombak unos minutos antes por curiosa. Quería observar con tranquilidad los rituales cotidianos que allí se llevaban a cabo entre la salida de un cliente y la llegada de otro, y adentrarse con calma en lo que prometía ser un verdadero viaje zen. El tratamiento que había decidido regalarse para despedirse de la isla, prometía mimar a su cuerpo con todo tipo de bondades:

*The Sea Mint Detox Spa Ritual is designed to rebalance the synergy between mind and body by revitalizing the senses and detoxing the body. This three hours treat includes an invigorating «Royal Javanese Lulur» (exfoliating sea salt body scrub), a re-mineralising seaweed body wrap with a ginger-citrus blend, a one hour massage, an aromatic and invigorating sea salt bath, a moisturing Lavender wrap, a relaxing Aloe Vera facial, followed by a cooling milk bath to sooth and repair the skin from sunburn or irritation.\**

\* El Ritual de Desintoxicación a base de Menta y Sales Marinas ha sido diseñado para restablecer la sinergia entre la mente y el cuerpo a través de un proceso de revitalización de los sentidos y desintoxicación del cuerpo. Este delicioso paquete de tres horas incluye el estimulante «Royal Javanese Lulur» (un tratamiento corporal exfoliante de sal marina), una envoltura de algas marinas acompañada por una mezcla de gengibre y limón para remineralizar la piel, un masaje de una hora, un tonificante y aromático baño en sal marina, una hidratante envoltura de lavanda, un relajante facial de aloe vera, seguido por un refrescante baño en leche de coco para calmar y reparar la piel quemada e irritada por el sol.

Una jovencita de mirada castaña y transparente le dio la bienvenida y la hizo pasar de inmediato a la antesala del placer zen: un santuario de quietud, de luz sinuosa, reptadora y negligente, de velas quemando aromas enigmáticos y secretos, de muebles de madera adornados por magestuosas orquídeas, bambúes graves y profundos, piedras milenarias, y telas de colores cálidos, masajeadoras de ánimos y templadoras de todo tipo de energías.

Pocos minutos después, la anfitriona regresó y ofreció a Piropo un té. La escritora inhaló el delicado vapor con olor a jengibre que emanaba de la taza y siguió contemplando el lugar. El rumor constante de una cascada artificial, sumado a los sonidos acompasados, rítmicos, polifónicos, minimalistas y exóticos de la música étnica del *gamelán** indonesio que se escuchaba de fondo, apaciguaban el ruido interno del visitante, generaban una placentera sensación de frescura, serenidad y bienestar general, y devolvían al cuerpo, la mente y la energía individual la infinidad, afinidad y sincronía que les correspondía.

En eso pensaba Piropo cuando una hermosa mujer, de ojos verde caña, piel ámbar y curvas abiertas invitó a la escritora a pasar a una habitación contigua.

—*Where are you from Madame?*

—*From everywhere and nowhere.*

—*How long are you staying in Gili?*

—*Not enough.*

La escultural mujer balinesa esbozó una sonrisa almibarada, miró fíjamente a la escritora y explicó con voz suave que su nombre era Luh, que le daría un masaje muy especial y que a partir de ese momento la huésped debía aparcar cualquier preocupación y dejarse llevar. Piropo asintió. Luh se quitó entonces una de las dos peinetas de nácar que sujetaban su pelo sedoso y recogió en

* El gamelán es una orquesta instrumental indonesia tradicional especialmente en Bali y Java que puede incluir hasta treinta músicos y que está integrada por instrumentos como el metalófono, el xilófono, tambores, gongs de bronce, címbalos, flautas de bamboo y cuerda pulsada.

un moño el de la escritora mientras le iba contando cómo esas peinetas habían pasado de generación en generación en su familia y cómo simbolizaban no sólo la importancia del orden y disciplina en la vida, sino además la sabiduría y experiencia de quien ha aprendido a reconocer cuándo es el momento preciso de soltarse el pelo para poder fluir libremente con la energía.

Luh chasqueó sus dedos y enseguida entró en la habitación su asistente, una anciana regordeta de manos esponjosas quien comenzó a desvestir a Piropo delicadamente, como lo hace el viento en otoño al deshojar los árboles hasta convertirlos en tallos solitarios cuyas raíces, en lugar de perforar la tierra, parecen taladrar el cielo. Al terminar su tarea, la anciana se llevó, colgando del brazo, todas las prendas de Piropo y abandonó discretamente la habitación. Luh indicó a su clienta que se recostara sobre una camilla cubierta por una sábana blanca tapizada con pétalos de flores. Piropo obedeció. Cerró los ojos y al hacerlo, sin saber, en su interior se cerraron también los de Henry. Y así, por primera vez, y desde entonces, Piropo y su *alter ego* descansaron en total y plena armonía.

—*Relax and enjoy, madame.*


**Sobre la camilla...**


Piropo escucha las manos al frotarse el aceite de lavanda; su espalda desnuda recibe las palmas certeras de Luh que se hunden en la piel, fluyen y en un principio la relajan, esparciendo caricias nómadas hacia el cuello, destensando nudos enfurruñados, desatando cargas invisibles, devolviendo a la escritora la ingravidez de los despreocupados. Los dedos balineses se arremolinan en sus hombros, sus brazos, sus manos; estiran con soltura y elegancia cada falange, exprimiéndole el cansancio estancado durante meses y años.

Un chorro tenue de aceite tibio cae sobre las nalgas de piropo. La masajista lubrica el culo expuesto y hace lo mismo con los glúteos, los muslos, las corvas, las pantorrillas. Con el esmero de quien sabe encontrar el sentido del alivio y la gracia de las formas, Luh eleva los empeines de Piropo y les aplica la suficiente presión como para devolverles el descanso. Haciendo fuerza con los dedos gordos de las manos, la balinesa toca, hábil y ceremoniosamente, todos y cada uno de los puntos de las plantas de sus pies, liberándolas de la presión y la prisión cotidianas.

Como si fueran dos peces avanzando en zig zag, las palmas de Luh surcan a Piropo de ida y vuelta, pero cada vez que regresan por las entrepiernas, se van acercando a donde el masaje cambia de palabra. La mujer separa los muslos de la escritora y, al igual que un cardúmen que se alimenta en estado de frenesí, sus palmas chapotean en el culo relajado de la viajera.

—*Turn around, Madame.*

Al voltearse, Piropo abre los párpados y encuentra la sonrisa pacífica de Luh y un destello lúdico en sus pupilas. La balinesa se aplica un poco más de aceite en las palmas y frota los hombros de su clienta mirando sus pupilas con ternura y atisbos de deseo. Sus manos giran y abarcan cada vez más, pasan suaves sobre sus pechos, cerca de los pezones, en cada giro se aproximan más y más hasta incluirlos intencionalmente. Piropo respira hondo, exhalando un quejido despacioso. De pronto, las manos afanosas y mágicas de la masajista detienen la acción y se posan sobre el pubis de Piropo transmitiéndole su energía cálida y vibrante y recordándole a Piropo el qué, el por qué, el para qué, el por dónde, el con qué y hasta dónde es mujer.

Al concluir la sesión, Piropo vuelve en sí luego de una brevísima siesta post-masaje, se reincorpora y toma la peineta de su cabello. Pero la mano de Luh detiene la suya, impidiéndole que se la quite:

—*You keep it, madame. This will remind you it is a pleasure to allow yourself to flow. You are a very long river, may your waters always bring life…* *

* Quédesela, madame. Le recordará que es un placer permitirse fluir. Es usted un río largo. Le deseo que sus aguas siempre atraigan la vida.

## Última noche en Gili Trawangan
*10:00 p.m.*

Noche vestida de fraile. De cuello tibio y sereno. De pies descalzos. Y sombra discreta. Calles de arena. De ojos fecundos. Narices inquietas. Y oídos infieles. Pasos que dejan huellas. Huellas que dibujan un instante. Instantes que nacen y mueren. Y en un instante, vuelven a renacer, y a crear otros instantes. Como aquel en el que Henry y Anaïs pasean abrazados. En un gesto simple, franco, amistoso e impostergable.

—Ay Henry, ¡cómo no te conocí hace veinte años!

—Hace veinte años cabe la posibilidad de que me hubieras conocido, pero no reconocido. Ni yo a ti. Tu anillo de vida y el mío han ido girado y girado paralelamente para converger en el instante preciso. Y ese instante es el que nos correspondía, Anaïs. Ni antes ni después. Yo me alegro de que haya sido así.

—Yo también me alegro.

—Sin embargo, intuyo en tu tono de voz que te preocupa que nos queda poco tiempo.

—A mi edad, Henry, es con lo que menos cuentas.

—¿Y qué edad es ésa?

—La edad en la que a menudo lo que haces, lo haces por última vez.

—Entonces eso quiere decir que tú y yo no sólo cumplimos años el mismo mes, sino que además tenemos la misma edad. Porque yo siempre lo que hago, lo hago como si fuese la última vez.

—No me extraña, Henry. Después de todo, por lo que me has contado, tú también fuiste como yo: un niño raro. Y todavía sigues siéndolo.

—¿Niño?

—Raro.

—Pues hablando de rarezas, Anaïs, mira ese anuncio de hongos alucinógenos y lo mal que está escrito en inglés: *We have tickets to the Heaven by Magic Mushrooms.*

—No sabes cómo se me ha estado antojando comprarme uno de esos billetes desde que vimos la otra noche otras pizarras anunciando el mismo viaje.

—Con el coctel de vitaminas y medicinas que tomas todos los días, seguro que como dice ahí, te vas directito al cielo, pero sólo con billete de ida.

—El buen viajero no tiene un billete de vuelta.

—Eso ya lo sé. Pero imagínate si te da un arrechucho o te mueres aquí en Gili por embarcarte en ese tipo de viajes.

—No me lo imagino. Pero si llegase a ocurrir, ¿qué harías?

—Trataría de contactar a alguno de tus amigos para que le avisara a tu familia de lo sucedido. El problema es que ahora que lo pienso, no tengo el teléfono de nadie que te conozca en España.

—¿Y por qué crees que tendrías que asumir la responsabilidad de avisarle a un amigo que me ha pasado algo?

—Porque soy un buen samaritano, pero ante todo tu amiga y tu amigo.

—Créeme, Henry, no tendrías que hacer nada. Para cuando llegara la noticia a España de mi deceso, los detalles de cómo ocurrió o en dónde, no le sorprenderían a nadie.

—¿Ni el gran pequeño detalle acerca de cómo vestías una minifalda y medias a la hora de pasar a mejor vida?

—Bueno eso…

—¿Ni los pormenores de cómo muchos te vieron llegar a Gili con una mujer quien por la noche parecía transformarse en hombre?

—Tienes razón. No te preocupes, Henry. Como bien dices, es mejor que no mezcle las pociones mágicas que ingiero con hongos de dudoso origen, porque la verdad, esto ya no es lo que era antes. Quién sabe qué te venden. Y hablando de viajes. ¿Cuándo es que me dijiste que tenías que regresar a Kuta?

—Mañana. De preferencia temprano. Mi vuelo hacia Japón no sale hasta la medianoche, pero quisiera tener tiempo de empacar sin prisas y cenar contigo antes de marcharme.

—¡Qué rápido han pasado los días, Henry!

—Por cierto, ahora te toca a ti encargarte de comprar los pasajes del Gili Cat.

—¿Pues no acordamos que durante este viaje serías mi secretario?

—Mientras estuviésemos en Kuta. Pero aquí en Gili soy...

—Bueno, bueno, ya sabes que al delegarme esas cosas, todo puede pasar.

—¿Cómo qué?

—Podríamos llegar a parar en otra isla.

—Qué más quisiera, pero tengo que volver a Houston.

—¿Y qué le vas a decir a tu marido?

—¿Acerca de qué?

—De todo lo que Anaïs y Henry han hecho durante este viaje.

—No se lo diré, lo escribiré. De hecho, en España comencé una pequeña bitácora que he continuado durante esta aventura.

—¿Mencionas a Anaïs en ella?

—Por supuesto.

—¿Y piensas incluir a la pareja de anoche?

—Sí. Como lo que fueron: unos invitados a un banquete exquisito que al final Henry y Anaïs prefirieron devorar a solas por debajo de la mesa.

—Tienes razón, resultaron ser aburridísimos.

—Yo a Alain me lo imaginaba más atrevido. Como me dijiste que te había mirado las piernas...

—Si no hubiese estado con Émmanuelle seguro que nos folla a las dos. Pero vamos a ver, Henry, volviendo a lo de tu bitácora, ¿qué piensas hacer con ella?

—La verdad es que la he convertido en un laboratorio.

—¿De qué tipo?

—Literario.

—Interesante. Elabora, por favor.

—Mi bitácora es un espacio sagrado donde formulo comentarios, reflexiones y opiniones sobre todo lo que vivo y siento, y donde llevo a cabo experimentos con toda clase de formatos que me permiten expresar esa realidad, a menudo surreal, en la que me muevo. Es, como diría Henry Miller, «mi laboratorio del alma». Si tengo suerte, de ese laboratorio algún día saldrá una novela, un retrato, o una bestia, aunque de momento eso no me preocupa. Hoy por hoy, en mi bitácora escribo para mí, en el internet para Anaïs, y en las revistas para el resto del mundo.

—Pero me has dicho que algún día te gustaría publicar algo en España.

—Más que publicar quiero reflejar, refractar, refrescar y revolucionar, pero estoy consciente de que hacerlo va a tomar su tiempo porque España y yo estamos en el proceso de reconocernos, apenas nos estamos oliendo, tocando, escuchando. Es más, ni siquiera sé si a España le interesa lo que yo tenga que decir. Además, francamente no tengo ni la más remota idea de cómo se llega a publicar un libro en España, si los concursos literarios son el único camino para quienes escriben y son totalmente desconocidos como yo.

—Olvídate de los concursos literarios, Piropo. No son lo que parecen.

—A ver, a ver. No me digas que en España las editoriales determinan de antemano qué libros van a publicar y que los concursos sólo son un artificio, un vehículo comercial para impulsar esos libros.

—Caliente, caliente…

—*Wow!*

—Lo que te quiero decir, Henry, es lo que ya he dicho en los medios: que estoy en contra de todos los premios institucionales y gubernamentales que a menudo están manipulados.

—¿Entonces qué ruta me recomiendas tomar si algún día escribo una novela? ¿Serás tú mi mecenas?

—Primero escribe tu novela. Me la mandas y luego ya hablaremos.

—Me has dicho que no tienes tiempo para leer material que

no haya sido publicado. ¿Por qué entonces habrías de leer mi manuscrito?

—Porque a veces he detectado similitudes en las plumas de Henry y Anaïs.

—¿Es un cumplido, señor Mondragón? ¿O debo entender que piensa que Henry copia el estilo de Anaïs?

—Es definitivamente un cumplido, Piropo. Y una prueba más de la consanguinidad de espíritus que existe entre Henry y Anaïs, y sin duda, entre tú y yo.

—Gracias, señor Mondragón. Es el segundo regalo que me ha dado durante este viaje.

—¿Cúal ha sido el primero?

—Anaïs.


*11:00 p.m.*


Cuando esa noche Piropo giró la llave en la cerradura de la habitación 201, giraron mágicamente también todas las llaves de las puertas que conducían a los jardines aún sin explorar de su mundo interior. Nada más entrar en el cuarto, pudo sentir la corriente seca y helada del aire acondicionado abofetear la humedad y docilidad de la noche, obligando a su rival climática del mundo exterior, a retirarse y a acostarse en el lecho del mar. Piropo dio un par de pasos y se quedó inmóvil en la oscuridad clandestina. Encendió el ordenador y una luz nívea y bíblica iluminó su rostro medieval. De inmediato las palabras se agolparon sobre la hoja virtual que acababa de crear. «Fórmulas«, musitó recordando las pizarras que había visto con Federico Sánchez Mondragón que apostrofaban viajes al subconsciente a través de sustancias enteogénicas.

# Fórmulas

*Todos las hemos usado en algún momento de nuestras vidas. Los vagos las copian, los inseguros las plagian, los desesperados las inventan. Están en todas partes. Ayer las vi en una librería, promocionando un libro de tamaño bolsillo, titulado Cien maneras de adelgazar haciéndole el amor a su marido. También las he reconocido en los anuncios subliminales de la televisión, algunas prometiendo eterna juventud, otras asegurando el camino al éxito. Hoy, la más original me sorprendió en Gili Trawangan. Ofrecía, a precio de ganga, la posibilidad de acceder a ese Dios interior que todos llevamos dentro, a través de lo que los nahuas llamaban flores sagradas u hongos mágicos.*

*Y es que, en los momentos de crisis, buscamos fórmulas por todas partes: en la bola de la adivina, en las sesiones con el psicólogo, en la religión, con nuestros padres, amigos, en los poemas que funcionan y en los que no funcionan. Tratamos de aprehender lo que pensamos, se nos escapa de las manos: amor, salud, dinero. O al revés, porque, hasta éstos, les hemos dado un orden matemático, de fórmula.*

*¿Para qué negarlo? Las fórmulas son muy seductoras. Nos guiñan el ojo desde los estantes del supermercado en forma de píldoras sedativas para aquellos que están perdiendo la cabeza, la erección, la mujer, el trabajo, la casa, la vida. Nos coquetean como si fuesen el remedio casero perfecto a nuestros problemas existenciales. Nos acosan hasta que finalmente perdemos la naturalidad. «Pienso, luego formulo», diría el Descartes de las fórmulas.*

*A través de la historia, las fórmulas han ido pasando de generación en generación, algunas con más éxito que otras. Como la del matrimonio que es, quizás, una de las más antiguas, y que ha sido probada, aprobada, desaprobada y vuelta a probar. Pero así son las fórmulas, se van perfeccionando a través del tiempo hasta que todos están seguros de sus resultados.*

*A los que intentan desafiar a las fórmulas se los tilda de «gays» o de «ateos»; a los que tratan de romperlas se los encierra en un manicomio, a los que se han cansado de ellas se los recluye en un asilo de ancianos y a los que las criticamos, nos llaman* artistes.

*Lo cierto es que nadie se escapa de las fórmulas. De hecho, los americanos se aseguran de alimentar a los recién nacidos con la «Fórmula», como le llaman a la leche en polvo. Mientras tanto, el SIDA se muere por una, los políticos juran tener la precisa, el Papa la reza, el psiquiatra la analiza, el drogadicto se la inyecta, los terroristas ya la han convertido en bomba, y las prostitutas… bueno, las prostitutas, por suerte, se las saben todas.*

*Sin embargo, cuando nos vemos sorprendidos por un terremoto, un huracán, una enfermedad irreversible, o una avalancha de nieve o de sentimientos, se nos acaban las fórmulas. Es entonces cuando nos volvemos muy pequeños, vulnerables, y sin pensarlo, pasamos a ser verdaderamente libres porque la libertad carece de fórmula. La libertad simplemente se siente, se piensa y se hace.*

23 de mayo, 2009

*12:30 p.m.*

Faltaba media hora para que el Gili Cat atracara en el muelle, pero Federico Sánchez Mondragón y Piropo ya se encontraban sentados a la sombra en una terraza frente al mar, esperando el barco, en silencio, con las maletas bien hechas y la mirada algo deshecha. Las moscas glotonas, amodorradas por el riguroso calor, revoloteaban pánfilas alrededor de los dos viajeros buscando el mejor lugar para aterrizar y dormir la siesta. Piropo observó cómo una en particular se posó sobre la mano del escritor y comenzó a frotarse las patitas sin que él se inmutara.

—¿Qué le diría Anaïs a Henry en este momento, señor Mondragón?

—¿Ahora?

—Antes de dejar la isla, antes de…

—¿Importa?

—Si nuestras cartas tuvieran lectores importaría, señor Mondragón. Porque todo lo que se firma con semen siempre importa.

—Bueno, reconozco que *burla burlando* hay en nuestra correspondencia un libro que con pocos retoques ya está escrito. Te propongo, Piropo, que lo publiquemos bajo pseudónimo. Será la nueva *Historia de O*. Los editores nos lo quitarán de las manos.

—Todavía no ha contestado a mi pregunta, señor Mondragón.

— Quiero volver a verte muy pronto.

—¿Eso es lo que Anaïs le diría a Henry?

—¿Tú qué crees?

—Que tendrían que seguir leyendo esas cartas los lectores para descubrirlo.

—Así es.

—¿Y qué ha aprendido Mondragón de este viaje con Piropo?

—Que Piropo es mucho menos pervertida que Henry.

—Pero no por ello menos ardiente.

—Eso ya no lo sé, habría que preguntárselo a su marido.

—¿Y Piropo ha aprendido algo de Mondragón?

—Sí. Que Mondragón es más personaje que persona, Federico mejor amiga que amigo, y Anaïs mejor amante que amiga. Y, en general, que a Piropo le gustaría tener tanta energía como su compañero de viaje.

—No me puedo quejar. A mis setenta y dos años, hasta yo me sorprendo de la tremenda energía que tengo.

—Pues yo he pensando que cuando ya no me pueda valer por mí misma, tomaré medidas.

—Eso se dice a tu edad. Nadie se quiere morir, Piropo.

La mosca despertó y despegó de la mano de Federico Sánchez Mondragón para posarse sobre la pierna derecha de Piropo y volverse a dormir. La mujer la miró con curiosidad, como buscando respuestas en los ojos de ese díptero que parecían gafas de aviador.

—Volviendo a su comentario anterior, tengo la certeza, señor Mondragón, de que volveremos a vernos en poco tiempo.

—¿Y cómo es que estás tan segura de ello?

—Me lo ha dicho una mosca.

—*Une mouche.* ¡Qué original!

—Esta mañana, cuando me encontraba pensando en que ya estaba llegando la hora de despedirnos, apareció una mosca de la nada como queriéndome dar un mensaje. Sospecho que es la misma que se posó sobre mi maleta el primer día que llegamos a Gili, la misma que ahuyentamos de la mesa la otra noche mientras cenábamos sushi, y la misma que hasta hace unos segundos descansaba sobre su mano. *Est oui monsieur. Voilà! Une mouche magique.* Seguramente vino a anunciarme que nos volveríamos a encontrar. O al menos eso es lo que quiero creer. Porque era muy insistente.

—¿Sabías, Piropo, que antiguamente en Egipto las moscas simbolizaban tenacidad y valor en tiempos de guerra?

—Sí. Leí alguna vez en el internet que el faraón Ahmose condecoró a su madre, Ahhotep, con un collar con tres grandes moscas de oro, de 9 cm de altura, el mayor galardón militar en la cultura egipcia. ¿Es cierto?

—Lo es. Fue su forma de reconocer los sacrificios a los que se había sometido esa reina, quien se había entregado a la causa de liberar a Egipto del yugo de los hicsos.

El ronroneo de un motor interrumpió la conversación de la pareja. El Gili Cat se acercaba a la orilla lentamente. La mosca volvió a frotarse rápidamente las patitas y echó a volar en dirección del barco. Piropo supo entonces que regresar a Kuta era simplemente el comienzo de otra aventura.


## Viaje de regreso a Kuta

Federico Sánchez Mondagón y Piropo viajaron de regreso al pueblo de Padang Bai, sentados el uno junto al otro en silencio, sin acordarse de hacerlo como era habitual en ellos y como lo habían hecho a la ida, es decir, por separado, del lado derecho de la nave y junto a la ventanilla. Gili se fue desdibujando en el horizonte y con ella las bondades de un paraíso en vías de extinción. Mondragón se enfrascó escribiendo sus memorias. Su compañera de viaje lo miró de reojo y suspiró escondiendo una sonrisa traviesa. El famoso escritor vestía unas bermudas grisáceas, una camiseta negra y un sombrero haciendo juego, pero aún conservaba las uñas de los dedos de las manos y de los pies pintadas de rojo, únicos retazos que delataban las noches de lujuria en las que se había metamorfoseado en Anaïs.

Piropo abrió su ordenador con cuidado. Acarició el teclado. Pensó en todos esos momentos que había pasado junto a Federico Sánchez Mondragón. En la productiva correspondencia entre Henry y Anaïs. En esa vida cóncava y convexa que había podido vivir gracias al internet y a ese *Mac Power Book* que siempre la acompañaba y que lo había hecho todo posible. Comenzó entonces una nueva página en blanco, miró una vez más en dirección de Gili. La isla se había convertido en una peca en el cielo azul. Y mientras el Gili Cat iba haciendo estelas sobre el mar, Piropo iba dejando las suyas sobre una hoja virtual que se convertiría en el último artículo de su viaje.

## Requiem

*De acuerdo con las últimas noticias publicadas por la agencia de noticias Reuteurs, ayer falleció a los noventa y siete años de edad en La Coruña, España, María Amelia López, calificada por muchos como la bloguera más anciana del mundo. Más conocida como «la abuela blogueira» debido a su origen gallego, esta veterana internauta animó a mujeres y hombres de la tercera edad —y hasta de la cuarta edad— de todos los continentes para que utilizaran el internet, gracias al cual la nonagenaria aseguró haber rejuvenecido y haber hecho miles de amigos. Y es que la Red ha invadido nuestras vidas con tal brío y latría, que la comunicación entre los seres humanos de un punto a otro del planeta es hoy en día instantánea, global, y en muchos casos, más efectiva.*

*Sin embargo, dado que el internet nos permite explorar distintas realidades sin necesidad de tener un contacto físico con el prójimo, esa misma comunicación a menudo se ha vuelto más volátil, aséptica y lo que es peor aún: uniformadora. Este facundo digital se ha convertido en el demagogo de la élite de los que sólo se conocen en «@.net», en «@.com», en Facebook, en Twitter, y en todo tipo de por-tales donde todos pueden pasar por-cuales. Nos convida la anonimidad e indolencia que secretamente anhelamos para poder surcar con la punta de nuestro índice, y con la misma vehemencia de un gladiador de la información, los rincones más clandestinos del espacio cibernético.*

*No es de extrañarse entonces que, día tras día, millones de personas naveguen por el internet adulterando su identidad, colándose en la vida de otros como vouyeristas apócrifos con sed de exégesis nuevas, para aprehender una existencia que la rutina amenaza con inmolar. No es de asombrarse tampoco, que este medio se haya transformado en el enquisto de insultos que viajan de incógnito, en el muelle de insondables amenazas que atracan sin censura, en el «sitio» de conversaciones abstrusas y mensajes postizos. Y por último, no es de sorprenderse que enganchados por las posibilidades infinitas que ofrece esta telaraña mundial de la información, los niños prefieran quedarse pegados frente a la quimera de una «ventana» al mundo en vez de salir y empaparse de él, y que el «virus» de las relaciones socio-virtuales nos hayan contaminado a todos con sus infinitas mutaciones geno-típicas.*

*No cabe duda que «click» tras «click», para bien o para mal, la Red ha transformado el mundo. Ha pasado a ser el paráclito de pobres o incapacitados que ahora con «ratón» en mano pueden «abrir» las compuertas de lugares nunca antes por ellos visitados. Se ha incluso convertido en el ayo de niños y jóvenes en el aula de clases, y en general, ejerce ya una influencia innegable en lo referente a la integración o desintegración económica, política y social entre países.*

*En una sociedad cada vez más individualista, empírica y fría, el internet es el ambigú donde vamos a parar todos los que queremos probar un bocado del mundo al instante. Es el amigo que podemos «enchufar» y «desenchufar» a nuestra conveniencia. Es una enciclopedia que podemos usar y luego descartar a nuestra discreción. Es un espejismo en el cual nos podemos «meter» o «salir» sin ningún compromiso moral, pues todo lo que ocurre allí siempre se queda en el terreno de lo virtual. En definitiva, el internet es la perfecta excusa para todos aquellos que quieran quedarse indiferentes, a un «dedo» de la realidad.*

*Más tarde…*

Llegar al hotel agotada. Porque Mondragón se equivocó al comprar los billetes de regreso de Gili Trawangan y el Gili Cat nos acabó llevando a un puerto muy lejos de Kuta. Pensar que no puedo quejarme. Que él ya me lo había avisado. Que al dejar a cargo suyo lo relacionado a la producción de nuestra travesía, todo podía ocurrir. Y ocurrió. De milagro no acabamos en otra isla como creo que él, en el fondo, quería. Y como yo, desde mi fondo, también. Contemplar mi nueva habitación. Reconocer que es como la de cualquier otro hotel y no como la del Poppies. El Poppies está completo y Mondragón decidió que mejor nos hospedáramos aquí, donde él se había alojado antes de irnos a Gili. De hecho, le han dado la misma habitación, la número once, aquella donde nos vimos la primera noche en Bali, y donde entre otras cosas, perdimos la brújula whisky tras whisky. Asegurar mi privacidad uniendo los dos paneles de la puerta de la habitación con lo que parece un pestillo de la Edad Media: una enorme barra de madera que las atraviesa de lado a lado. Desnudarme. Recostarme y leer: *Travesuras de la niña mala*, de Mario Vargas Llosa. Recordar que Mondragón me dijo que el autor del libro y él se conocen y que aparentemente la novela está basada en muchos eventos reales que le ocurrieron a Vargas Llosa. Pensar si algún día podré escribir algo con trascendencia. Algo original. Algo que conteste a mis propias preguntas. O por lo menos las de otros. Algo que sea el comienzo de algo y el final de algo. Porque todo es comienzo y final al mismo tiempo. Quedarme dormida en cueros. Envuelta en el olor a naftalina de las sábanas. Arrullada por el zumbido del aire acondicionado. Con un sabor agridulce en el paladar. Sabiendo que en pocas horas Mondragón y yo compartiremos una última cena juntos en Indonesia.

*7:00 p.m.*

Despierto en pelotas. Sobresaltado por alguien que toca a mi puerta. Abro. Eres tú Anaïs. Has venido a despedirte. Has venido a despedirme. Y por última vez, has venido a venirte. En mi lecho.

Y yo después de saciado el deseo, te abrazaré a mi pecho. Entras a mi habitación sin hablar. Entras en mi silencio. Entras en mi boca. Tu lengua caliente. No se equivoca. Recorre mi paladar. Recorre mis dientes. Recorre mi cuello. Recorre caprichosa. Mis pezones. Mi ombligo. Mi pubis. Poblando al pasar cada estación de mi piel. De besos concubinos. Y caricias busconas. Y cuando al fin me abandono en tus brazos, introduces tu cuerpo en el mío. En mis venas, colores. En la noche de mis párpados, luz. En el bosque de mi nariz, aromas marinos. Que revientan en mi vientre. Como caracolas de placer convertidas en torbellino. Eres tú Anaïs. Sí, eres tú. La que me susurras un adiós al oído ahora que me tienes vencido. Eres tú Anaïs. Sí, eres tú. Eres tú la que has venido a despedirte. Has venido a despedirme. Y por última vez, te has venido a venirte. En mi lecho. Y yo después de saciado el deseo, te abrazo ahora aquí, dormida en mi pecho…

*A la misma hora*

Despertar en cueros. Sobresaltada por alguien que toca a mi puerta. Preguntar quién es. Escuchar la voz ronca e implacable de Federico Sánchez Mondragón preguntarme ¿quién va ser? Y ordenarme que abra. Explicarle que estoy desnuda. Oírle decir que le da igual. Contestar que espere un momento. Atender sus regaños. Que exigen que me deje de tonterías. Calibrar la validez de su comentario. Dudar. Decirle que no me tardo, que sólo me coloco algo y abro. Recibir más reclamos. De Mondragón que dice que no tiene tiempo para perder en niñerías. Dudar nuevamente. Y por último abrirle la puerta desde la cuneta de mi timidez. Desde una vergüenza indecisa que se esfuma inexplicablemente al verlo. Mondragón entra en mi habitación. Mondragón me ve, pero no me mira. Mondragón saca sus listas de reclamos de diva y yo lo escucho sorpendida.

—¿Acaso crees, Piropo, que tienes algo diferente a otras mujeres? ¿Algo que no haya yo visto antes? ¿Algo que no tenga yo? De verdad que no lo entiendo. ¿Qué has hecho todo este tiempo que no estás lista?

Contestar al escritor que me conceda media hora para arreglarme.

—¿Pero te has vuelto loca? ¿Qué tanto te vas a hacer en media hora?

—Ducharme, señor Mondragón. Secarme el pelo. Maquillarme…

—Yo me maquillo en cinco minutos, Piropo. Ya me has visto. No se necesitas más tiempo.

—Tengo el pelo más largo que usted, tardo en secármelo, su alteza.

—Bueno, bueno, date prisa que nos vamos a cenar a La Sal, un restaurante español que me han recomendado.

Dejar a Mondragón enfrascado en un soliloquio acerca de lo increíble que le parece que las mujeres tarden tanto en acicalarse. Meterme a la ducha y desde ahí preguntar que dónde queda el restaurante, *monsieur* Mondragón.

—¿Qué más te da si no conoces la zona? Tú déjate llevar que esta noche, doña Piropo, invito yo.

**Seminyak, Bali**
*8:15 p.m.*

Las despedidas más significativas ocurren entre la lengua y el paladar. Allí donde se encendió alguna vez el deseo cuando nos visitó por primera vez otra lengua. Allí donde despuntaron los mágicos sabores de nuestra niñez. Donde se enredaron y desenredaron los sinsabores de la vida después. Allí donde se nos escapará un día nuestro aliento dejándonos con la boca abierta. Asombrados por la llegada inesperada de quien nos vino a cobrar nuestro seguro de vida: la muerte.

Las despedidas más significativas ocurren entre aquellas personas que en lugar de decirse adiós se dicen hasta luego, porque por fin han llegado a comprender que las despedidas son simplemente lo mismo que las bienvenidas, instantes que marcan comienzos, tanto para el que se va, como para el que llega. Y esa noche Federico Sánchez Mondragón y Piropo despedían entre la lengua y el paladar una amistad que comenzaba, acababa, y volvía a comenzar entre la lengua y el paladar. Un encuentro fecundo que el escritor español y Piropo celebraron con un menú espectacular concebido por Gonzalo Sánchez, un cocinero valenciano que se autoimportó de España, y que les sugirió con orgullo ibérico un delirante menú; un *carpaccio* de ternera con *foie gras* y nube de manchego, una acojedora cazuelita de almejas, un delicioso asado de tira y un exquisito cerdito crujiente con lentejas y mango helado. Su hermana Mona, que andaba por ahí y que resultó ser de lo más mona, entretuvo a la pareja mientras llegaba el festín, contándoles cómo había llegado de la península sin nada y cómo ahora tenía chofer, niñera y mucama, lujos que le aseguró a Piropo, guiñándole un ojo supuestamente experto, *sólo te puedes dar en países como éstos.*

La Sal Jl. Drupadi II No. 100 , Seminyak, 803, 1 Kuta, Bali
Teléfono: +62 (0)361 738 321 www.lasalbali.com

Cuando nos sirvieron los suculentos platillos, Mona se retiró de la mesa, intuyendo quizás que Mondragón y Piropo aún tenían una conversación pendiente…

—Mire señor Mondragón, aquí están las fotos que tomé de Anaïs en Gili Trawangan.

—Anaïs se ve verdaderamente escandalosa.

—Por eso hace tan buena pareja con Henry.

—¿Sabes qué pasaría si cayeran esas fotos en manos de los de *Interviú*?

—Disculpe mi ignorancia, señor Mondragón, pero desconozco qué es *Interviú*.

—Una revista muy conocida en España. Si les dieras esas fotos, ni te cuento. A partir de ese momento varios programas de televisión te pagarían para que salieras contando tu aventura con Mondragón en Bali, cómo a Mondragón le gusta vestirse de mujer, cómo a Mondragón le gustan los hombres, en fin, todo lo que te puedes imaginar que le encanta saber a la gente y que vende. Te aseguro que te volverías millonaria.

—Vaya, así como lo pone, suena tentador…

—Pérfida. Todas las mujeres sois unas pérfidas.

—Hablando en serio, señor Mondragón. ¿Quién de verdad se va a creer que a usted le gusta vestirse de mujer? ¿O que le gustan los hombres? Con esa fama de mujeriego que le achacan…

—Es cierto que me han creado esa fama. Pero esas fotos no mienten.

—Por las entrevistas que hice en España y lo que he leído subsecuentemente acerca de usted, tengo la impresión de que su público y lectores lo ven como un hombre rebelde, capaz de todo, incluyendo de vestirse de mujer. No creo que estas fotos fueran a llamarles mucho la atención. Lo más seguro es que pensarían que han sido trucadas, o un ardid para seguir perpetuando su imagen de excéntrico.

—Te sorprenderías, Piropo. La gente es muy novelera y a los medios de comunicación les gusta sacar punta a todo con tal de hacer dinero o subir los *ratings*.

—Sin duda, usted sabe más sobre ese tema que yo, pero dado lo controversial que es usted…

—Controvertido, Piropo, controvertido.

—Me corrijo. Dado lo controvertido que es usted en España como novelista, ensayista y periodista, francamente hubiese pensado que la gente esperaría de usted esto y más.

—Entonces ¿qué? ¿Qué vas a hacer con las fotos?

—Primero descubrir cómo traspasarlas de esta máquina de fotos que me compré antes de venir a Bali a mi ordenador.

—¿Se las vas a mostrar a tu marido?

—Por supuesto. En estas fotos hay mucha literatura.

—Envíame las copias por correo electrónico.

—El día que logre descargarlas, cuente con eso.

—¿Cómo está lo que ordenaste?

—Riquísimo. ¿Lo quiere probar?

—Sí.

—Pues venga, sírvase de mi plato.

—Ya sabes que siempre lo hago.

—Pues hoy lo veo que se está tardando mucho.

—Me estaba tomando mi tiempo. Estas almejitas están de chuparse los dedos. Sírvete. Por cierto, no sé si te lo había comentado, pero he leído las cartas de Henry a una de mis ex mujeres.

—Creo que alguna vez me mencionó algo acerca de ello. No recuerdo si me dijo o no que se trataba de su ex. Pero bueno, ¿qué le dijo?

—Que se alegraba por mí. Por haber encontrado a una persona que es como yo.

—¿A otro niño raro...?

—Sí.

—Que nunca busca el camino más corto, sino el que tenga más números de zig zags para perderse más a menudo...

—Y eso por cierto, es la gran diferencia entre el turista y un verdadero viajero como yo.

—Brindemos entonces por esos niños raros, señor Mondragón.

—Brindemos.

—Y porque sigamos haciendo más zig zags juntos.

—Los haremos Piropo. Ya verás. Los haremos…

From: Federico Sánchez Mondragón <Nadie@yahoo.es>
Date: June 3 2009  10:53:08 PM CST
To: Piropo <piropo@piropo.us>
Subject: Abierta de piernas en Tokio

Hace ya muchas lunas que guarda silencio, amante mío. ¿América lo ha hecho olvidarse de mí tan pronto?

He venido a la feria del libro en Tokio como lo hago todos los años. La verdad, no sé qué disfruto más: los libros que allí se exponen o ver a tantos japoneses montados en sus bicicletas por la calle. Esto último sí que pone a pedalear mi imaginación y me pone de lo más cachonda. ¿Cuándo montará mi culo? Le deseo. ¿Cuándo vuelve a España? Venga pronto. La llevaré a uno de esos cines X de los que le conté. Esta vez intercambiaremos roles. Usted irá vestida de hembra y pretenderá ser mi mujer. Yo iré vestido de lo que no soy, es decir, de macho. Me gustará ver cómo le meten mano, primero poco a poco, disimulando por debajo de la falda desde la butaca contigua. Y luego, al ver que usted consiente y que yo lo tolero mientras le voy meneando la polla a alguno, disfrutaré viendo cómo se la follan y la enculan a discreción, varios al mismo tiempo. Es sumamente excitante, se lo aseguro. ¿Me permitirá que la lleve? Cerca de mi casa de Madrid, a tres manzanas, hay uno. Ayer estuve en él y todavía me tiemblan las piernas y las nalgas. Del chocho para qué contarle.

Anaïs.


De: Piropo <piropo@piropo.us>
Fecha: 9 de junio 2009  9:27:32 PM CST
Para: Federico Sánchez Mondragón <Nadie@yahoo.es>
Asunto: Putas Mercenarias

*Madame,*

ante todo le ruego me disculpe por no haber contestado a sus mensajes hasta hoy pero créame que me he hecho cientos de pajas recordando nuestra aventura sexual en Gili, tantas que sospecho que hasta he desarrollado el síndrome del túnel carpiano en la mano izquierda, pues, como sabe, para masturbarme soy zurdo y para escribir cartas eróticas, diestro.

Le cuento que planeo viajar a Madrid en un par de semanas. ¿Estará usted en la capital? Muero por verla y porque me lleve a ese cine...

Henry.

From: Federico Sánchez Mondragón <Nadie@yahoo.es>
Date: June 10 2009  14:19:55 PM CST
To: Piropo <piropo@piropo.us>
Subject: Lefa

Le escribo a la carrera para ponerlo al tanto de las otras carreras que dos días me hizo en las medias un árabe de unos treinta años. Era un verdadero potro con una polla que bien podría satisfacer a todo un harén. Me echó cuatro polvos seguidos en un club de encuentro. Las cuatro veces me corrí como una zorra. Después de estar con él, me quedé seis horas más con las piernas muy abiertas. Acudieron a mi coño y a mi ano tantas otras vergas y orgasmos adicionales que caí en una borrachera de lujuria de la cual apenas me estoy recuperando.

A su pregunta: estaré todavía en Madrid para cuando usted venga. La llevaré al cine y a otros lugares que la harán sentirse como un niño en un gran almacén de golosinas donde las opciones son tan infinitas como lo serán sus deseos de probarlo todo. De ser así, sólo sírvase. No se arrepentirá.
Hasta entonces, sueño con la verga de *monsieur* en mi boca, fantaseo con que la llene de lefa y que me chorree hasta por las comisuras.

Por cierto, le aconsejo que lea la biografía de Patricia Highsmith escrita por Joan Schenkar. Lo pondrá cachondo. Zorras lesbianas (y, por lo general, de la alta sociedad y casadas) de cabo a rabo...

Anaïs.

De: Piropo <piropo@piropo.us>
Fecha: 11 de junio 2009  8:15:11 PM CST
Para: Federico Sánchez Mondragón <Nadie@yahoo.es>
Asunto: Re: Putas Mercenarias

Buscaré ese libro, su alteza me ha picado la curiosidad...

Cuento los días para que nos veamos. En cuanto aterrice en Barajas, la llamaré.

Hasta entonces, recibo su beso sobre mi glande, mi verga se convierte en «rabo encendido» y desde las niñas de mis pupilas convertidas en putas mercenarias, le envío una parvada de lamidas con sabor a no me olvide.

H.

# Cuarta parte

25 de junio, 2009

**Vuelo 0197 de British Airways**
*En alguna parte del ocáno Atlántico entre Houston y Madrid*

Volar. Rebanar las nubes. Con el escalpelo de los recuerdos. De una España que descubrí hace un año. De esa tierra de ojos arena. Testigos de rituales de sangre, aplausos y comunión. Del constante renacer de la naturaleza. Cuando el hombre enfrenta al toro. Y ambos animales encaran la muerte que les grita: ¡Olé! ¡Y Olé! Y oler nuevamente el ajo, el jamón serrano, el chorizo y las aceitunas. Los vapores de un idioma y de un vino tinto celosamente añejados al fondo de una bota. Que zapatea a ritmo de bulería. Que marca el paso de una patria. Que avanza. Busca. Retrocede. Y vuelve a avanzar. A través de la historia. O en la plaza. Donde el espectáculo. Sol o sombra. Son opuestos y al final son igual.

Tatuar en el pecho de la noche, las estrellas que alumbran mi deseo. De volver a ella. De aterrizar en ese país de sonrientes siestas. Entre los brazos de Anaïs. Puerto infinito. Que en el horizonte, a diez mil kilómetros de altura, me recibe puertas abiertas…

# 26 de junio, 2009

*Hoy es ayer y es siempre y es deshora.*

Octavio Paz

## Hotel Centro Cultural de los Ejércitos, Madrid

Cuando la recepcionista vio a Federico Sánchez Mondragón cruzar el umbral de la puerta y acercarse al mostrador, sintió un inesperado calor comenzar a oficiarse en la canaleta de sus pechos encorsetados, trepar vertiginosamente los ondulantes pliegues de su cuello vallecano, hasta afluir en su rostro duro y mofletudo, cubriéndola de un rubor adolescente que la mujer no había sentido desde el primer beso con su difunto Paco. Trató entonces de disimular tanto trastorno hormonal con una muestra de total profesionalismo que muy pronto se convirtió en una exagerada cordial y repetitiva bienvenida que el famoso escritor acogió con naturalidad. *Ha llegado su amigo, señora Piropo,* anunció por el teléfono haciendo todo lo posible para sonar muy ejecutiva mientras se contoneaba de alegría pensando en lo que esta noche le cotillearía a sus amigas. *La señora dice que baja enseguida,* informó pocos segundos después y justo pocos segundos antes de sucumbir a tanta emoción contenida y desbordarse en un delirante monólogo que comenzó con expresiones de profunda admiración *por sus ideas Federico, si me permite que lo llame así, porque es que de tanto ver su programa en casa, no sé, siento como que ya nos conocemos,* y que concluyó con una profunda revelación: la sesentona nunca había sentido un orgasmo y *además por desgracia, mi Paco... qué le puedo decir. Nació, como dicen por ahí que nació Hitler: con un solo testículo.*

La puerta del ascensor se abrió en ese momento y de él emergió la sonrisa amplia y cómplice de Piropo que abrazó a Federico Sánchez Mondragón y lo invitó a subir a la habitación mientras la recepcionista, aún sudorosa y conmovida por su propio relato, movía la cabeza de un lado a otro gruñendo *un anda que la poca vergüenza que tienen algunas...*

—¿Por qué te has hospedado aquí, Piropo?

—En este hotel sólo pueden quedarse los familiares de militares. Mi tío se retiró de la fuerza aérea hace varios años y cuando viene a Madrid siempre se ha alojado aquí. Él me lo recomendó y de hecho me hizo la reserva. Sabe que aprecio los lugares con historia e historias. Este es uno de ellos.

—¿Y has visto a alguno de los otros huéspedes? Porque el hotel parece medio vacío.

—Lo está. Lo está. Pero tenemos que hablar muy bajito porque la recepcionista me ha dicho que hay una gran cantidad de habitaciones ocupadas por gente sola que vive aquí todo el año, a la que no le gusta escuchar voces en los pasillos.

—Vale, vale.

—Con respecto a su pregunta anterior: de momento sólo he conocido a un ex general, viudo, que precisamente reside en la habitación junto a la mía y que me encontré en el ascensor. Vestía un pantalón gris, una guayabera blanca impecable, alpargatas negras de lona, calcetines blancos y una cuerda larga y gruesa de esparto de donde pende un crucifjo grande y grueso que le llega hasta la altura del ombligo.

—Fascinante. Sígueme contando.

—No sé nada más del hombre, sólo que anoche escuché ruidos extraños al otro lado de la pared. Me lo imaginé sentado sobre la cama, con el pecho desnudo, propinándose latigazos para apagar el deseo de masturbarse.

—Otras veces te imaginas que el ex general abre la puerta, te invita a pasar, que te arrodillas y se la chupas para calmar su ansiedad.

—Sí…y que al llegar a mi habitación lo escucho azotarse nuevamente mientras yo me corro boca abajo sobre mi cama.

—Mmm….

—Ay señor Mondragón, es usted incorregible.

—¿Yo? Siempre. Y tú ni se diga, te dan cuerda y no paras.

—Pues bueno. Hemos llegado a mi humilde morada. Adelante…

—Está muy bien. En especial porque tiene una mesita para escribir como debe ser. Aunque la cama la encuentro un poco estrecha para Anaïs y Henry.

—¿Cómo?

—¿Acaso pensabas que vendría sin ella?

—Pensé que Anaïs y Henry habían quedado de ir al cine equis más tarde.

—Esa cita sigue en pie… Vaya, pero si tienes una nevera y todo. Perfecto. ¿Tienes un vaso por ahí?

—Sólo el de lavarme los dientes.

—Con ese nos arreglaremos. Como sabes, siempre traigo en la mochila mi petaca con nuestra bebida de rigor: whisky. Compartiremos lo que queda. Pero primero necesito pasar al baño.

—Por supuesto, su alteza…

Piropo encendió su ordenador y volvió a leer algunas de las últimas cartas de Henry mientras esperaba que volviera su invitado. A los pocos minutos, un olor a Chanel Nº 5 penetró la habitación acompañado de un dentrífico y chicloso *holaaaa*. Federico Sánchez Mondragón convertido ahora en una escultural Anaïs enmarcada por una desconchada puerta de baño, presumía a Piropo su nueva minifalda de encaje negro con corsé, medias y tacones haciendo juego.

—Estás más espléndida que nunca, querida. No cabe duda que todo cabe en la mochila de un escritor si se sabe acomodar, incluyendo una petaca y esta magnífica sorpresa.

—Dirás incluyendo los cambios de roles. La pena es que no

puedo salir de día vestida así. Sólo de noche. El precio de la popularidad.

—Desde luego no se te ocurra bajar al *lobby* del hotel con esta identidad que no volverían a dejar ni a mi tío ni a mí poner un pie en este hotel.

—No te preocupes, esta noche antes que Anaïs y Henry vayan al cine X, Anaïs se convertirá en lo que no es: en Mondragón. Y Henry en lo que tampoco es: una puta que pretenderá ser Piropo y mujer de Mondragón.

—Yo lo tengo claro. ¿Lo tendrán los lectores?

—¿Por qué? ¿Has escrito ya ese libro del que me hablaste en Gili Trawangan?

—No.

—Pues date prisa. Porque esta historia, si no la escribes tú, la escribo yo.

Se echaron a reír. Bebieron un poco de whisky. Abrieron la enorme ventana de la habitación. El aplastante bochorno del verano acentuó el sonido de la urbe en ebullición y el perfume de Anaïs. Henry cruzó los brazos sobre el alféizar. Ella hizo lo mismo. Ambos apoyaron el mentón en la intersección de sus manos y contemplaron en silencio cómo una luz maíz iba derramando sombras lagrimosas sobre las branquias de los tejados, los brazos desnudos de las antenas, las faldas de los árboles, las lenguas de asfalto, las corazas de los coches y el perfil de los transeúntes. Poco a poco la ciudad de oro se fue convirtiendo en plata y el cielo en un horizonte lila. Henry y Anaïs intercambiaron suspiros. Dos niños raros, sonrisas traviesas. Piropo y Federico Sánchez Mondragón, miradas serenas y sirenas…

Houston, 19 de junio, 2011

# Gracias...

A mi hija Paloma,
por tu paciencia durantes todas esas noches que esta novela te robó de los brazos de tu madre, y por acurrucarme en tus alas con amor y alimentarme con chocolates y Coca-Cola para que pudiera seguir escribiendo en la madrugada.

A Federico,
por creer en este libro y en mi pluma mucho antes de que yo creyera en ellos. Gracias por leerme y releerme, por tus sugerencias y apoyo, y por ponerme una fecha de entrega sin la cual no hubiese acabado esta novela.

A Ruth,
por alentarme a seguir con esta historia y obligarme a escribir y leerte una página todos los días cuando la vida doméstica, el trabajo, y el mundo entero amenazaba con no dejarme terminar este proyecto.

A Fernando Sánchez Dragó,
por abrirme las puertas de su amistad, ayudarme a encontrar mi voz de escritora y compartir conmigo su tiempo y todo lo que ha descubierto sobre el amor, la muerte, los orgasmos y la vida en general.

# Índice